「雨音くん、すみません。少しおとなしくしていてください…」

「え……？」

どういう意味だと問い返そうとしたけれど、口にしかけた言葉が遮られた。やんわりと唇に触れているのは、五十嵐の……唇？

抱きしめたまま、ここにいて。

CROSS NOVELS

真崎ひかる
NOVEL:Hikaru Masaki

麻生 海
ILLUST:Kai Asou

CROSS NOVELS

CONTENTS

CROSS NOVELS

CONTENTS

楽しんでいるところが若い女性らしくて可愛い。

たとえ恋愛対象とはならなくても、可愛い女性につい目が行ってしまうことに内心苦笑を浮かべる。

「こんにちは。今日のスペシャルは、栗《くり》おこわです！　新物の栗だから、甘くてすごくおいしいですよ」

秋の味覚の代表格といえば、栗だろう。今日の栗おこわは、会心の出来だ。おかずも、一口サイズの秋刀魚《さんま》や焼いた銀杏《ぎんなん》など、季節に合わせたものを中心にしている。メニューを考案している姉は、調理師免許だけでなく栄養士の資格も所持しているので、栄養バランスもいいはずだ。

ガラスケースに並ぶ弁当は、間口《まぐち》の狭い店に見合っただけの種類しかない。定番メニューの中から、野菜や魚などその日の仕入れに合わせてチョイスしたものが五つと、売り切れ御免の日替わりが一つだ。

「あ、おいしそう。栗大好き！　じゃ、それを五つお願い。お味噌汁をつけてね」

「はーい。ありがとうございます。ちょっとだけ待ってくださいね。姉ちゃん、栗おこわ弁当を五つ」

にっこりと営業スマイルを浮かべた雨音は、振り向いてカウンター奥の厨房《ちゅうぼう》にいる姉の風歌《ふうか》へ注文を伝えた。姉が弁当のパックにご飯とおかずを詰めているあいだに、雨音は耐熱カップを手に持って味噌汁を注《そそ》ぐ。

効率はあまりよくないけれど、ここは家庭的な手作り弁当を売りにしているので、注文が入ってからご飯とおかずを弁当パックに詰めるのだ。

カップが倒れないよう、ビニール袋の中に紙で作ったカップホルダーをセットしておいて、蓋《ふた》をした味噌汁入りの紙カップを並べた。

「はい、雨音くん。栗おこわ五つね」

「ん」

姉から弁当パックの収まったずっしりと重いビニール袋を受け取り、ガラスケースの前で待っていた看護師の女性へ差し出した。

「いつも、ありがとうございます。チケット、いただきますね」

ガラスケースの上に置かれているのは、現金ではなくまとめて事前購入してもらうことで少しだけ割引になる弁当チケットだ。きちんと五枚ある。

これで、確実な数のお客さんを呼び込めるし、忙しい時に現金のやり取りをする手間が省《はぶ》ける。まさに一石二鳥《いっせきにちょう》だ。

「またね。病院に戻って、今日は栗おこわだって宣伝しておく。お昼を過ぎたら、たっくさん押しかけてきちゃうかもよ」

「はは…お願いします。ありがとうございました」

広告塔になってくれるという看護師さんに頭を下げて、ガラス扉を出てゆく背中を見送った。

抱きしめたまま、ここにいて。

CROSS NOVELS

《一》

壁にかかっている時計が十一時半を指すと同時に、『たんぽぽ』と店名がペイントされているガラス扉が開いた。

のんびりと構えていた雨音《あまね》は、慌てて手に持っていた帽子代わりのバンダナを頭につける。

「いらっしゃいませ」

そして、常套句《じょうとうく》を口にしながら営業スマイルを浮かべた。

今日のお客様第一号は、淡いピンクのナース服に紺色のカーディガンを羽織った、看護師のお姉さんだ。

「こんにちは、雨音くん。今日のおススメはなに？」

三人が横に並べばいっぱいになってしまう、小さなガラスケースを覗《のぞ》き込みながら尋ねてくる。

雨音は、彼女のナースキャップを留《と》めている、キラキラとしたビーズの花がついたピンに一瞬だけ目を向けて笑いかけた。

看護師という職業柄、ネイルや華美なメイクはできなくても、こうしてささやかなオシャレを彼女は店の前にある横断歩道を渡り、向かい側に建っている総合病院へと入っていく。

雨音が、五つ上の姉と一緒に経営しているこの小さな弁当屋『たんぽぽ』の顧客は、近くの総合病院の関係者が八割近くを占めている。

職員の人をはじめとして入院患者を見舞う家族、病院食では物足りない若い患者さんが買いに来ることもある。今は亡き両親から受け継いだ、大切な店だ。

「雨音くん、今のうちにお隣に持って行って」

「はーい」

病院の受付は正午までなので、本格的に忙しくなるのは、お昼を過ぎてからだ。たまに、先ほどの看護師さんのように手の空いている人が同僚の分も…と早い時間にまとめ買いしていくけれど、あと一時間もしたら息をつく間もないほど忙しくなる。

今のうちに…と、カウンター越しに姉から渡された弁当パックは二つ。隣の洋菓子店に配達するものだ。

それを割り箸《ばし》と一緒にビニール袋へ収めた雨音は、髪が落ちないよう頭に巻いたバンダナと黒いエプロンを身につけたままで店の外に出た。

隣接している洋菓子店へは、十秒ほどで着く。

「こんにちはー…」

自動ドアをくぐって店内に入ると、バターやチョコレートの甘い香りが鼻をくすぐった。この洋菓子店『ノエル』は『たんぽぽ』の倍ほどの面積があるけれど、テイクアウト専門店だ。病院へお見舞いに行く人が、手土産として買っていくことが多いらしい。

販売アルバイトの女の子が二人に、お菓子職人さん……専門の呼び方があるのかもしれないけれど、雨音は知らない……が二人という、小ぢんまりとした店舗だ。

「あ、こんにちは。お昼？」

「うん」

顔見知りの女の子は、姉と同い歳くらいだ。雨音の姿を目にして、いつもの定期便かと愛想よく笑いかけてくる。

シフト制のアルバイトさんを除いたお菓子職人の二人には、定休日以外の一カ月分の弁当代を前払いでもらっており、こうしてお昼前に配達するのが日課となっている。

販売の女の子にビニール袋を預けようとしたら、彼女は奥に向かって声をかけた。

「青山《あおやま》さーん。お隣の雨音くんが来てます」

青山氏というのは、この店舗の責任者だ。オーナーは別にいるらしいが、実質上は製造と販売を任されているらしい。

雨音より、たったの八つ上…二十八歳だというのに、その歳にそぐわない落ち着きを持っている。これまで散々世話になっているけれど……必要以上に雨音を子供扱いするところが、マイナスポイントだ。

「あ…、わざわざ青山さんを呼ばなくても…」

預かってくれれば、それでいいのに……と思った雨音だが、彼女は「ダメ」と笑った。

「今日は、雨音くんが来たら声をかけてって頼まれていたの。黙って帰したりしたら、私が怒られちゃう」

なにか…用だろうか。

来月分の弁当代はもらっている。まさか、昨日の弁当になにか不手際があった……とか。

つい、よくないことばかり考えて頭を悩ませていると、白い調理服を着た青山が奥から出てきた。

「や、雨音。相変わらずちっちゃくて可愛いなぁ」

「……おれがちっちゃいんじゃなくて、あんたがでかいんです。わざわざ、おれに嫌がらせを言うために出てきたんですか？」

姿を現すなり、きっとわざと雨音の地雷を踏んだ青山を、キッと睨《にら》みつける。

一六七センチは、長身ではないかもしれないけれど〝小さい〟呼ばわりをされるほど小柄だとも思わない。一八〇センチオーバーの青山がでかいだけだ。

「違う違う。睨むなよ、可愛いから。……これ、一日から出す予定の新作クッキー。風歌ちゃんと食べて、感想を聞かせて？」

紙袋を差し出され、反射的に受け取った。ずっしりと重みがある。

手にした紙袋からはかすかにバターの香りが漂ってきていて、こくんと喉《のど》を鳴らした。

「……人体実験かよ」

実は、姉よりも雨音のほうが甘いお菓子好きなのだ。だけど、可愛いなどと笑われると素直に嬉しいとは口にできず、つい捻《ひね》くれた言葉を返してしまう。その直後に、「ありがとう」と言うべきだった……などと後悔するのに。

青山はふて腐れた雨音に不快な表情を見せることなく、苦笑を浮かべた。

「人聞きが悪いな。モニターと言え」

優しい目は、雨音の複雑な心情など読んでいる……と語っている。自分が子供っぽいということを突きつけられているようで、雨音はますます表情を硬くした。

それでも、過剰に突っかかると青山におもしろがられるだけだとわかっているから、これ以上の言葉は呑《の》み込む。

「ありがたくイタダキマス」

「うん。いつもありがとう。風歌ちゃんにもよろしく」

甘く整った顔に微笑を浮かべて雨音を見下ろし、弁当を受け取った青山は店の奥へと戻って行った。

やり取りを見ていたアルバイトの女の子が、雨音から顔を背《そむ》けて肩を震わせている。

「なに…笑ってるんです?」

どうせ、青山にあしらわれる雨音を見て、子供だ…と思っているのだろう。

「あはは、ごめんね。…なんていうか、雨音くんと青山さんの会話って、仲のいい兄弟みたいで……微笑《ほほえ》ましいなーって思っただけなの」

げぇ…と思ったけれど露骨に拒絶することができず、「あんな兄貴、いらない」と、消極的な反論をつぶやく。

優しくて可愛くて家庭的…という、ケチのつけようのない姉がいるのだ。青山自身は嫌いではないが、毎日からかわれるのはゴメンだ。

「あ……」

背後で自動ドアの開く音が耳に入り、我に返った。

無駄話をしている場合ではない。小さな店とはいえ、姉を一人にしている。早く帰らないと、大変な思いをしているかもしれない。

お客さんに対応している女の子に目で挨拶《あいさつ》をして、急いで外に出た。

□　□　□

二時近くになると、さすがにお客さんの波が落ち着く。

おやつ代わりにもなるファーストフードなどとは違い、弁当は中途半端な時間に軽く食べるものではないせいだろう。

それでも、病院関係者は多忙なあまりお昼を食べそびれたのであろうタイミングで、パラパラと買いにくる。

「いらっしゃいませ」

そのうちの一人と思《おぼ》しき人が、人影に気づいて顔を上げた雨音の目に映った。

ドアを開けて入ってきた男性はかなり長身な上に体格がいいので、もとから広くない店内がますます狭くなったように感じる。

真っ黒な髪に、印象的な切れ長の目……硬質な空気を纏《まと》っているせいか、最初は少し怖そうな人というイメージだった。

たいていの人に「人懐っこい犬のようだ」と言われる雨音が笑いかけても無表情なので、機嫌が悪いのかと思っていたのだが、これが地顔だと気づいてからは感情を表すのが下手そうな人、という評価に落ち着いた。

余計なお世話だと思うけれど、こんなに無愛想で患者さんにうまく接することができているのか、心配になってしまう。

彼が、すぐそこの病院で勤務する医者だと、『ノエル』とは逆側の隣にあるフラワーショップ

『SUN』の店員に聞いて知った。何度か店に、白衣を纏ったまま来たこともあるので、間違いないだろう。

二十歳の雨音よりも、少なく見積もっても十は年上だと予想している。

名前は五十嵐《いがらし》……と、いつだったか白衣のままで現れた時に胸元についていたネームプレートで確認済みだ。週に二、三度は必ず顔を見せるので、この二年弱のあいだにすっかり顔馴染《なじ》みになった。

「……日替わりは売り切れですか」

もともと口数が多くないらしく、必要最低限のことしか口にしないけれど、落ち着いた低い声でいつも丁寧に話しかけてくる。

本日の日替わりは完売しました……というプレートを指差しながら問いかけてきた五十嵐に、雨音はぺこりと頭を下げた。

「はい。申し訳ございません。日替わり以外でしたら、どれでもご用意できますが」

「……では、鶏《とり》そぼろを」

「鶏そぼろですね。少々お待ちください」

カウンターを振り返り、姉にオーダーを伝える。鶏そぼろという言葉を口にしながら、つい頬《ほお》が緩んだ。

この五十嵐という人は、整いすぎた容姿の上に無表情なので、ロボットみたいだ…と思っていたけれど、意外な好物があることを雨音は知っている。

それは……卵、だ。毎回、真剣な顔で悩んでいたかと思えば、必ず卵料理が入っている弁当を買っていく。

今日の鶏そぼろ弁当も、甘辛く煮た鶏ミンチと出汁《だし》で薄く味付けした炒《い》り卵、少しだけ甘いグリーンピースが載《の》っているのだ。

どこからどう見ても完璧《かんぺき》な大人の男、という五十嵐がひまわり色の卵を嬉しそうに食べている姿を想像したら、なんとなく可愛い……。

「……姉ちゃん、グリーンピースより卵を多くして」

五十嵐に聞こえないよう、こっそりと姉に伝える。弁当の容器にご飯とおかずを詰めていた姉は、小さく笑って指でOKと示した。

「あ、あと卵スープをお願いします」

「はい」

やっぱり、卵か……。

五十嵐に向かってにこやかにうなずいた雨音は、くるりと背中を向けて笑いを耐《た》えた。肩が震えてしまったかもしれない。

コホンと咳《せき》払いで笑いを誤魔化《ごまか》し、卵スープを鍋《なべ》からカップに注いで蓋をしていたら「できたよ」と姉から弁当の容器が渡された。

たんぽぽ

カウンターの上にビニール袋を置いて、五十嵐に差し出された千円札を受け取る。

「はい、お待たせしました。……六百八十円ですので、三百二十円お返しします。また、よろしくお願いします」

お釣りを渡そうとした雨音に差し出された、五十嵐の左手……すらりと長い薬指には、銀色の指輪が存在を主張している。

初めて五十嵐と逢った時から、そこにあるものだ。

旦那《だんな》が医者という社会的地位の高い肩書きを持っていて、しかもこれだけいい男だと奥さんは心配だろうなー…と、余計なお世話だと怒られそうなことを考えてしまう。

同性の雨音から見ても、極上の部類に入る男だと思うのだ。女性の中には、既婚《きこん》者でもいいというツワモノがいても不思議ではない。

「ありがとう」

低く、滑《なめ》らかな声でそう言った五十嵐は、カウンターの上に置かれていたビニール袋を手に持って店を出て行った。

不可解な緊張感に包まれていた雨音は、五十嵐の気配がなくなったことにホッと小さく息をついて肩の力を抜く。

あの…キリリとした硬《かた》い雰囲気のせいだろうか。五十嵐と接する時は、いつも言葉ではうまく形容できない息苦しさを感じてしまう。

動物園で、ライオンやトラといった猛獣と目が合った瞬間の緊迫感に似ているかもしれない。

……猛獣扱いは失礼か。

「あ……！」

苦笑を浮かべながらふと視線を落とした雨音は、ビニール袋へ入れたつもりだった割り箸がカウンターの上にあることに気づいて、小さく声を上げた。

反射的に割り箸を摑《つか》み、ガラス窓の向こうに目をやる。

出て行って数分が経《た》つので姿は見えないかとも思ったけれど、信号で足止めされていたらしく、五十嵐は横断歩道を渡り始めたところだった。

「姉ちゃん、ちょっと出てくる」

姉に声をかけた雨音は、小走りで店を出て五十嵐の背中を追いかけた。足が長いせいか、それほど急ぎ足には見えないのに歩くスピードが速い。

なんとか横断歩道を渡りきったところで追いつき、

「い…五十嵐先生っ」

大きな背中に向かって名前を呼びかけた。

ゆるやかなスロープになっている入り口へ足を踏み出したところだった五十嵐が、ゆっくりと振り向く。

「あれ……？　どうかしましたか？」

追いかけてこられるということは予想外だったのか、雨音の姿に少しだけ驚いた表情を浮かべる。

雨音は、数十メートルを走ったせいでドキドキしている心臓の鼓動を落ち着かせようと、深呼吸を一つして、五十嵐を見上げた。

「これ、お箸…お渡しするのを忘れていたんです。すみません」

「ああ…わざわざ追いかけてこなくていいのに」

雨音が差し出した割り箸に目を留めて、ゆるく眉を寄せる。

わざわざという言葉に、余計なことだったのかと視線を落としかけると、五十嵐はかすかな笑みを浮かべた。

「……ありがとう」

思いがけず、優しい表情と言葉だった。ほんの少し不器用そうな笑顔を目にした雨音の心臓が、トクンと大きく脈打つ。

勤務中もこんな感じなら、患者さんに信頼される医者だろうなと想像がつく。

「い、いえ。本当にすみませんでした」

勢いよく頭を下げて、ちょうど青になった信号を渡った。

どうしてだろう……。頬が熱い。ずっと無愛想で硬派だと思っていた人の、意外な一面を知ったせいだろうか。

店のガラス扉を押し開けながら振り向くと、五十嵐の姿はもうなかった。

□□□

シャッターを半分下ろした店の奥で、姉と一緒に残り物を中心にした夕食をとり、厨房の掃除を済ませる。

店の閉店は七時半だけれど、翌日の仕込みを含むいろいろな雑事を片づけると、帰路に就《つ》くのはたいてい十時近くになってしまう。

ほぼ一日中立ちっぱなしだったせいで、足がむくんでいるのがわかる。早く足を伸ばして座りたい。

家賃や交通費を少しでも浮かせたいという現実的な理由もあったけれど、徒歩で通《かよ》える場所に引っ越したのは正解だった。

歩道沿いに並んでいる黄色く色づいたイチョウの下を歩いていた雨音は、バッグから紙袋を取り出した。

「あ、そうだ。姉ちゃん、これ……青山さんから」

弁当を配達した際、新作だから試食して感想を聞かせてと渡されたクッキーだ。

歩きながら、ガサガサと開けて覗き込む。紙袋の中には、一口サイズのクッキーがたくさん入っていた。種類ごとに、小さなビニール袋を使って小分けされている。

「食べる？」

一つ摘《つま》んで差し出すと、姉は顔の前で手を振った。

「だーめ。こんな時間にお菓子を食べたら、全部身についちゃうわよ。スレンダーな雨音くんだけでどうぞ」

少々身についたところで、どうってことないくせに…と思ったけれど、本人がいらないと言っているのだから強要するものではない。

母親がいたら、お行儀が悪いと怒られるなと思いつつ、歩きながらクッキーを口に放り込んだ。

「おいしー…」

思わずつぶやきが漏れる。チーズ風味のクッキーは、さくさくとした食感でかなり甘さ控えめに作られていて美味だった。

甘さ控えめというより、ほとんど砂糖を使っていないのかもしれない。どちらかといえば、チーズの塩味が勝っている。

「お菓子っていうか…つまみっぽいかも。こっちはゴマか」

次に摘んだものを、街灯の光でゴマクッキーだと確認して口にする。これもまた、香ばしくて絶品だった。

三種類目は、チョコレートだ。ビターチョコを使っているのか、これもほとんど甘さを感じない。

続いて口にしたのは……カボチャかな。最後の一種類は、オレンジ味だった。

対象が大人なのか、全体的に子供のおやつという雰囲気ではない。しつこい甘さが皆無なので、つい口に運んでしまう。

「……そんなにおいしい？」

ぽりぽりと齧《かじ》っている雨音に、姉がおずおずと尋ねてきた。その目は、クッキーの誘惑にグラグラ揺らいでいると語っている。

「うん。めちゃくちゃおいしい。あの人、やっぱり腕はいいよなー」

雨音をからかう青山には反発するけれど、お菓子職人としての手腕は相当なものだろう。

そういえば、お菓子のコンクールでなんとやらという賞を取った時の賞状が、『ノエル』に飾られていたような……。

「雨音くん。それ、齧ったのでいいから半分だけちょうだい？」

目の前に手を差し出された雨音は、半分って…と苦笑を浮かべた。

「えー、あきらめて食べちゃえよ」

「ダメ。最近太り気味なの。半分でいいから」

雨音から見れば、半分も一つも変わらないと思うが…姉にとっては重大な違いがあるらしい。意味があるのかないのかわからない悪あがきをする姉に、仕方がないな…と苦笑して半分に割ったチーズクッキーを差し出した。

ぽりっと齧る音に続いて、「おいしい…」というつぶやきが聞こえてくる。

「……ん」

「うん……」

紙袋を差し出すと、姉は誘惑に負けてしまうことに決めたのか、ガサガサと手を入れて別の種類のクッキーを摘んだ。

雨音より十センチほど背の低い姉を見下ろし…顔を見合わせると同時に、プッと噴き出した。なにがどうというわけではないけれど、おかしくて笑いが止まらない。

淡い街灯の光が照らす中、クッキーを齧りながら二人で並んで歩く。

ふらふらと自転車で通りかかった酔っ払いが、「イチャつきやがって…」と険《けん》のある言葉を言い捨てて追い抜いて行った。

……薄暗いせいで、カップルに見えるのだろうか。確かに、姉は小柄で可愛い雰囲気を持っているけれど…。

疑問はあるが、それよりも変に絡まれたりしたら大変だ。

「雨音くんと、恋人同士に見えるのかなぁ？」

を急いだ。

おっとりと口にして笑う姉の腕を摑むと、さり気なく歩道の端に誘導してマンションまでの道

帰り着いた2LDKの古いマンションは、真っ暗だ。鍵を開けて玄関に入り、電気を点《つ》ける。

夏の初めに両親が交通事故で他界してから、もう二年と少しになる。

当時は『たんぽぽ』を開業したばかりで、両親と姉の三人で店を経営していた。雨音は工業系の大学に進学していたけれど、両親の遺《のこ》した店を姉と二人で受け継ごうと退学した。

せっかく入学したのに…という姉には、いくつになってもその気があれば大学に入ることはできると言い含め、大切な店とたった一人の姉を守ることを決意した。

相続税や店を出す際に組んだローンについて弁護士に相談したり、調理師免許を持っているのが姉だけでは大変だろうと、昼間は店で仕事をしながら調理師専門学校の夜間部に入学したり…。

怒濤《どとう》のように過ぎた二年ちょっとだった。

半年前に、一年半通った専門学校の夜間部を無事卒業して調理師免許を手にしたので、少しは姉に楽をさせてあげられるようになったと思う。必死で切り詰め、今では贅沢《ぜいたく》はできなくても二人が食べていけるだけの収入には恵まれている。

あとは、おっとりとした姉が嫁に行くのを両親に代わって見届けるのが、雨音の役目だと思っている。

優しくて包容力のある男でなければ、絶対に姉は渡さないけれど。

「雨音くん、明日だけど…高坂《こうさか》さんのところに行った後、ちょっと出かけていいかな」

五つも年下の雨音がそんなことを考えているとは、想像もしていないに違いない。上着を脱いだ姉は、自室のドアを開けておっとりと笑いながら雨音を振り向く。

雨音は、大きくうなずいて姉に笑いかけた。

「うん。店は、おれができる限りの準備をしておくから、気にしなくてもいいよ」

「……ありがと。ごめんね」

開店準備を雨音だけに任せることが、心苦しいのだろうか。姉は表情を曇らせてごめんと言い残し、自室に入った。

もっと頼ってほしいくらいなのに。謝らなくていいのにな——……と思いながら、雨音も自室の扉を開けた。

《二》

高坂という表札の出ている家の前で、雨音は一瞬だけ姉と目を見交わした。姉の手には小菊やユリで作られた大きな花束が握られている。『たんぽぽ』の隣にあるフラワーショップ『SUN』で購入したものだ。

インターホンを押し、応答を待った。

『……はい。どちらさま？』

スピーカーから聞こえてきた女性の声に、雨音はコクンと唾《つば》を飲んで渇いた喉を湿《しめ》らせてから、答えた。

「矢吹《やぶき》です。お邪魔してもよろしいでしょうか」

この瞬間は、いつも緊張する。

『開けますから、待ってください』

さほど待たされることなく、ダークブラウンの玄関扉が開かれる。家の中から出てきたのは、雨音の母親とほぼ同年代の女性だ。

「……どうぞ」

招き入れられて、姉と二人で「お邪魔します」と頭を下げて玄関を上がった。

この二年間、毎月一日に通っているお宅だ。こうして…仏壇に手を合わせるのも、もう二十回を超えた。

「……もう、三回忌も終わりましたし…毎月来られなくてもよろしいんですよ」

仏壇に向かって座っている背中に、女性の声がかけられる。そっと振り向いた姉が、小さな声で「いいえ…」と答えた。

「私たちの両親が、不注意で奪ってしまった命です。せめて…手を合わせることだけは、させてください」

二年前……雨音たちの両親は、単独ではなく二輪車で走っていた高坂氏を巻き込んだ死亡事故を起こしたのだ。両親の乗った車が雨でスリップしたことが直接的な事故の原因で、並走していた高坂氏にはなんの落ち度もなかった。

両親を一度に亡くしてしまったことに呆然《ぼうぜん》とする間もなく、警察からそう告げられ……夫人と高坂氏の息子という青年には、ひたすら頭を下げることしかできなかった。

幸い、保険に加入していたことで補償はできたけれど、金銭では解決できないもっと深い問題が残された。

最初の半年は、こうして花を持って訪れても玄関を開けることさえしてもらえなかった。やっと仏壇の前に座ることを許されたかと思えば、今度は反論のできない恨み言が浴びせられる。

それでも、根気強く通い続け……ようやく、こうして穏やかに手を合わせることができるようになったのだ。

「正直なところ、許すことは決してできません。でも、あなたたちを恨んでもあの人は喜ばないのよね……」

うなだれた雨音は、静かに夫人の言葉を聞いた。

許せない…というのは、真理だろう。

こうして向かい合っていても、目を合わせてくれないことで許されていないということは伝わってくる。

突然、姉と自分を困難の中に放り込んで逝《い》ってしまった両親を、雨音も恨んだことがあった。

逃げ出したいと思ったことも、一度や二度ではない。

でも、弱音を一度も口にせず、すべてを受け止めようとする姉がいたから……そんな姉を守るために逃げ出さないと決意したのだ。

きっと、雨音一人だけだったら、とっくにいろいろなものを投げ出してしまっていただろう。

「また、来月もお邪魔します…」

そっとつぶやいた姉の言葉に、夫人の返事はなかった。

寄りたいところがあるという姉と別れて、雨音は一足先に店へ向かった。

□□□

いつもなら九時頃にシャッターを開けているけれど、毎月一日だけは十時を過ぎてしまう。昨夜のうちに可能な限りの下準備はしていても、作り置きのできないものは今から超特急で準備しなくてはならない。

途中で立ち寄った馴染みの鮮魚店で新物の鮭《さけ》を購入し、店に向かって早足で歩きながら事前に姉と打ち合わせしているメニューを頭の中で組み立てる。

一番に、米を磨《と》いで業務用の炊飯器にセットして……仕込みをしてある肉団子を揚げなければならない。

肉団子は甘酢あんかけにして、鮭は洋風にムニエル。冷凍してあるコーンスープはあたためるだけでいいから簡単だし、味噌汁はすぐにできる。

あとは、それほど手間のかかるものはないので、なんとか開店時間に間に合いそうだ。

「よし、今日も一日ガンバロー」

抜けるように青い秋の空を見上げ、自分に気合を入れるための独り言を口にして、沈んでいた気分を浮上させた。


「洋風鮭弁当と、肉団子丼が二つずつ……ですね。ちょっとお待ちください」

カウンターで注文をとった雨音は、大股《おおまた》で奥の厨房に入る。

手早く弁当パックにご飯と鮭を中心としたおかずを詰め、次に丼用の円柱形のパックを取り出した。

白いご飯に炒りゴマをまぶし、事前に揚げてある肉団子を載せて甘酢あんをかける。仕上げに刻んだ細ネギをトッピングして完成だ。

透明の蓋をして、カウンターで待っているお客さんのところへ戻った。

「お待たせしましたー。六百円の鮭弁当が二つと五百円の肉団子丼が二つで、合計二千二百円になります」

お客さんが財布を取り出してゴソゴソしているあいだに、ビニール袋に入れて一番上に割り箸を載せる。

代金ちょうどの現金を受け取り、「ありがとうございました」と頭を下げた。

壁の時計を見上げると、すでに十二時を過ぎている。ちょっとだけ寄り道…にしては長い。連絡もないので、心配になってくる。

一度、姉の携帯電話に連絡してみようか…。

「あ」

そわそわしながら表を見ていた雨音の目に、姉の姿が映った。ガラス扉を開けながら、「遅くなってごめんね」と小さく笑う。

「それはいいけど、心配してた。……姉ちゃん、顔色悪くない？」

光の加減ではなく、青白い頬をしているように見える。カウンターを出た雨音は、眉《まゆ》を寄せて姉の顔を覗き込んだ。

「うん…実は、電車を降りたところでちょっと気分が悪くなっちゃって、駅員室で休ませてもらっていたの」

「え……それなら、もう帰れよっ。無理しちゃダメだろ」

やっぱり、体調が悪いのか。

表情を曇らせて、自宅に戻って休んだほうがいい…と言った雨音に、姉は首を横に振った。

「もう平気。雨音くんを一人にしちゃうし…」

「でも……ああ、ちょっとここで座ってなよ」

言い合っていると、お客さんがガラス扉を開けて入ってくる。姉を長椅子の隅に腰かけさせて顔を上げながら「いらっしゃいませ」と声をかけた。

……あの常連さんだ。確か五十嵐という…。

店内に入ってきた五十嵐は、うつむき加減で座っている姉に一瞬だけ目を向けて、ガラスケースに意識を移した。

「今日のおススメは、洋風鮭弁当です。新物の秋鮭が……、姉ちゃんっ」

長椅子に腰かけていた姉がぐったりと身体を倒したのを目にして、雨音は慌ててカウンターから飛び出した。

お客さんを放り出してしまう、ということに気を回す余裕がない。

長椅子に横たわった姉は、さっきよりも顔色が青くなっている。

「姉ちゃん……しっかりしろよっ」

触っていいものかどうかもわからず、おろおろと姉を見下ろした。狼狽《ろうばい》する雨音の脇に、スッと誰かがしゃがみ込んだ。

五十嵐だ。落ち着き払った様子で、そっと姉の手首を握る。

「あ……」

そういえば、この人は医者なのだった…と思い出し、ほんの少し緊張が解けた。

「気分が悪いんですか？　どんなふうに？」

静かな低い声で話しかけた五十嵐に、姉の小さな声が答える。

「大丈夫……です。少し、横になっていたら」

「なに言ってんだよ！　真っ青じゃんか」

大丈夫だと主張する姉を見下ろした雨音は、震えそうになる手を強く握った。なにもできない自分がもどかしい。

助けてくれるのは、五十嵐だけだ……という気分になる。

「雨音くん、お姉さん病院に連れて行きますけど……君はどうしますか？」

「おれ…も、行きます。あ、でも、店を閉めないと……」

店を、無人のまま開け放して行くことはできない。

なにからどうすればいいのかわからなくなり、泣きそうになっていると、五十嵐の手がそっと雨音の背中を撫《な》でた。

「大丈夫ですから、落ち着いてください。……私がお姉さんを連れて先に行っていますから、君はお店の戸締まりをして、後から来てください。内科は二階です。場所がわからなかったら、職員に聞けばいい」

子供に言い聞かせるような、ゆっくりとした口調だった。

落ち着いた低い声は、すんなりと雨音の耳に入り…パニック状態だった頭が沈静化する。

「わかりました。……姉を、お願いします」

両腕で姉を抱き上げた五十嵐を見上げ、無意識に腕に手をかけた。五十嵐は、迷いなくうなずいてくれる。

重いガラス扉を開けて姉と五十嵐を見送ると、大急ぎで厨房に入った。

電気機器のスイッチを切り、紙に『臨時休業します』とペンで書き殴る。頭に巻いていたバンダナとエプロンを外し、ふと五十嵐は昼食を買うためにここに来ていたのに、病院へとんぼ返りさせてしまったと思い至った。

気は焦っているけれど、姉は病院にいるのだから大丈夫と自分に言い聞かせて足を止める。

手を汚さずに簡単に食べられるよう、お握りを三つラップで巻いて紙袋に入れた。ついでに、目についた厚焼き玉子ときんぴらごぼうもラップに包み、お握りの脇《わき》に置く。

携帯電話と財布をジーンズのポケットに突っ込むと、臨時休業の張り紙をガラス扉の内側から張りつけて施錠した。

「早く、青になれっ」

交通量の多い交差点なので信号無視することもできずに、足踏みをしながら信号が変わるのを待つ。

歩行者信号が青になると同時に横断歩道を走り、病院の自動ドアをくぐった。

雨音自身は身体が丈夫で、あまり病院の世話になることはない。二階…と言われても見当がつかず、院内案内図を睨んでいると、背後から声をかけられた。

「雨音くん？　どうかしたの？」

振り向くと、ファイルを持った職員の女性が立っていた。お店の常連さんだ。

「姉ちゃんが、具合悪いって倒れて…五十嵐先生がここに運んでくれたんだけど、二階の内科っていうのがどこかよくわからなくて」

「ああ…五十嵐先生ね。連れて行ってあげる」

「お願いしますっ」

早足で歩く女性の後について、広い病院のロビーを突っ切る。診療時間外なのか、人はまばらで…足音がやたらと大きく響いているような気がする。

「風歌ちゃん、どうしたの？」

歩きながら話しかけられ、雨音はゆるく頭を振った。

「おれじゃわかんなくて…顔色が真っ青だった。姉ちゃん、大丈夫かな」

頼りない声でつぶやくと、女性は「大丈夫」と明るく言った。

「五十嵐先生って、見た感じは怖そうだけど…見立《みた》てのすごくいい先生だから。安心していいと思うよ」

「本当に……？」

不安の拭《ぬぐ》いきれない声で聞き返した雨音に、「本当だって！　信じなさいよ」と自信たっぷりの言葉が返ってくる。

確かに、五十嵐を信じるしかない。雨音にはなにもできないのだ。

「あ、ここだから。聞いてあげるね」

そう言って足を止めた女性は、内科受付というプレートが出ている小窓を覗き込み、誰かと言葉を交わしている。

手持ち無沙汰な雨音は、うろうろと視線をさ迷わせた。

「雨音くん、そこの椅子《いす》に座って待ってるようにって。診察が終わったら、先生が呼んでくれるから」

「うん…ありがとう」

第一診察室と書かれたドアの前にある長椅子を指差されて、うなずいた。ぎこちない笑みを浮かべてお礼を言った雨音に、女性はにっこりと笑いかける。

「お安い御用です。私も、風歌ちゃんがなんでもないように祈ってる。雨音くん、しっかりね！」

手を振って背中を向けた女性に、雨音は小さく頭を下げた。そして、大丈夫…と心の中で繰り返す。

姉も雨音も、基本的に身体が丈夫なので、今まで大きな病気には縁がなかった。風邪くらいなら、市販の風邪薬で治していたほどだ。だから、総合病院の雰囲気は慣れなくて、不安ばかりが込み上げてきそうになる。

塩化ビニール張りの椅子に腰を下ろし、膝《ひざ》の上で両手を組んだ。

そうして、どれくらいの時間ぼんやりとうつむいていたのか……目の前のドアが開き、ビクッと顔を上げた。

車椅子に座った姉の姿があり、そんなに重病なのかと縋《すが》るような目で五十嵐を見上げる。雨音と視線を絡ませた五十嵐は、わずかに表情を緩ませた。

「……私の専門外ですので、科を移っていただきます。病気じゃありませんので、そんな顔をしなくても大丈夫ですよ」

「病気じゃ……ない？」

姉に視線を移しても、雨音と目を合わせてくれない。

どういうことだと首を傾《かし》げていると、看護師の女性が受付から透明のファイルを持って出てきた。

「はい、矢吹さん。これを持って行ってね。廊下の黄色い線を辿《たど》ったら、産婦人科に迷わず着くから」

「……さんふじんか……？」

なにを言われたのか、咄嗟《とっさ》に理解できず……啞然《あぜん》と耳に入った言葉を口にする。

五十嵐は無表情のまま、雨音に止《とど》めを刺した。

「ほぼ間違いなく、おめでたです」

「……姉ちゃんは、結婚していないんですけど……」

雨音は、そんな…どこか的外れなことを呆然とつぶやくしかできなかった。

□　□　□

普段なら歩いて帰る距離を、タクシーを使って帰宅した。

あの後…五十嵐に用意していたお握りの入った紙袋を渡し、病院内を移動したけれど、どこか別の世界の出来事みたいだった。ショックが大きすぎたせいか、雨音の記憶はところどころモヤがかかったようになっている。

車内でもずっと重苦しい沈黙が漂《ただよ》っていて……マンションのリビングに腰を下ろし、一息ついてやっと口を開いた。

「誰だよ、相手」

点滴のおかげで、血色の戻った姉の顔をじっと見据える。

いつもやわらかな笑みを浮かべている姉は、硬い表情のまま視線を床に落としていた。雨音の問いにも無言のままだ。

姉を責めたいわけではない。

雨音はため息をつきたいのを堪《こら》えて、口調をやわらげた。

「……結婚したい相手がいるなら、おれに遠慮することないよ。姉ちゃんの幸せを邪魔する気はないんだからさ。ただ、なんで言ってくれなかったんだって思うけど……」

最終的に姉を幸せにできるのは、弟の自分ではないとわかっている。

寂しいことだけれど、姉を大事にしてくれる人が現れたら、涙を呑んで任せようと……亡き両親に誓った。

理想を言えば祝福してもらって式を挙げ、籍を入れた後に子供……という順番がよかったが、今の時代それが逆になることくらい珍しくはない。

「ともかく、一回相手に逢わせてよ。おれの知ってる人？　姉ちゃんを大事にするっておれに誓ってくれたら、悔《くや》しいけど許す」

本当に、責めているわけじゃないよ……と、少し無理して笑ってみせる。

黙りこくっていた姉は、ようやく口を開いた。

「……ごめん、雨音くん。言えない……」

「なんでっ？」

思わず姉の肩を摑む。

男としては、それほど大きくない雨音の手でも余ってしまうくらい小さな肩で……力を入れると壊してしまいそうなほど華奢《きゃしゃ》だった。

乱暴に問い詰めることはできず、姉の肩から手を離して床に拳《こぶし》を叩きつけた。

「言えないって、どういうことだよっ！　まさか、不倫とかじゃないだろうな」

「……」

姉からの返事はない。それは、無言の肯定だろうか。

どこの誰かもわからないけれど……大事な姉を弄《もてあそ》んだ男が許せなかった。悔しくて悔しくて、強く唇を噛み締める。

「赤ん坊…どうする気？」

憤《いきどお》りを呑み込んで問いかけると、迷いのない声で答えが返ってきた。

「一人で、産んで育てる」

「な……っ、そんなこと…」

できるのか、という言葉は口に出せなかった。姉は、決意を秘めた強い目で雨音と視線を合わせている。

この姉は、温和で優しい性格なようでいて頑固なところがあるのだ。

自分が一度決めたら、誰にどう言われようとやり通す。そういう部分は雨音自身にも覚えがあるので、これは血筋だろう。

頑固者めと思いながら、ぐしゃぐしゃと自分の髪をかき乱す。

「……わかった。でも、一人でなんて言うな。おれも協力するから。姉ちゃんと赤ん坊を、おれが守るよ」

あきらめの滲《にじ》むため息をついて、降参…と笑った。

雨音の言葉が予想外だったのか、大きく目を瞠《みは》った姉は、じわ…っと眉を寄せて顔を伏せた。手を握ると、小刻みに震えているのがわかる。

「ごめんね……雨音くん。ありがと…」

「うん。おれは、なにがあっても姉ちゃんの味方だから」

両親の代わりにはなれないかもしれないけれど、全身全霊をかけて…雨音の精いっぱいで、姉とお腹の子供を守ろう。

「今は二人きりだから…ちょっと淋《さび》しいけど、家族が増えるのは悪いことじゃないよね」

「……ん…」

押し殺した嗚咽《おえつ》を漏らす姉の肩を、そっと抱き寄せた。

もっと、もっと……大人にならなくてはいけない。自分は男なのだから、しっかりと姉を支えてあげなければならない。

両親の遺影を前にして誓ったことを……改めて決意した。

《三》

雨音は七時の閉店とほぼ同時に、夕食をかき込んで帰り支度をした。

「じゃあ、無理しないでゆっくりね。疲れたらすぐに休むんだよ」

エプロンを外し、ジャケットに袖をとおしながら姉を振り返る。業務用の大きな鍋を洗っていた姉は、心配性だなぁ…と笑った。

「わかってる。……雨音くんも、無理しないでね」

「おれは大丈夫だって。体力あり余ってるから」

雨音はバッグを肩にかけると、電気を落とした店内を抜けてガラス扉に向かった。重いドアを開けながらもう一度振り返る。

「気をつけて」

「うん。なにかあったら、すぐに連絡しろよ」

雨音を見ていたのか、姉と目が合う。心配そうな声でかけられた言葉に、大きく手を振って答えた。

表通りに出ると、ちょうどお隣の『ノエル』も閉店準備をしているところだった。小さな看板を片づけに出てきた青山とバッタリ鉢合《はちあ》わせしてしまう。

「あれ、雨音。珍しく一人でお出かけ？」

帰宅には早い時間だと思ったのだろう。

小さく笑いながら、夜遊びか…とコッソリ尋ねられる。

「……バイト。夜の仕事って、割がいいからさ。半月前から駅前ビルの三階にあるバーで働いてんの。よかったら、青山さんもご来店くださいー」

夜遊びじゃないよ、と舌を出して青山の脇を通り抜けようとしたところで、腕を摑まれて止められた。

「待て。昼も夜も…って、働きすぎだろう。そんなに困ってるのか？」

思いがけず真剣な顔だ。

開店当時からのつき合いである青山は、雨音たちの家の事情を知っている。そのせいで、心配してくれているのだろう。

「別に…蓄《たくわ》えはちょっとでもあったほうがいいだろ。それだけ。遅れるから放してよ」

姉の出産予定は、約半年後……四月の中旬だ。

子供を一人育てるのに、どれくらい必要なのかわからない。でも、お金はないよりは少しでもあったほうがいいに決まっている。

そう思い、『たんぽぽ』を閉めた後に駅前のバーでバイトを始めた。

週に四日の夜のバイトは、正直言って身体的にはきつい。でも、雨音は姉のためにできる限りのことをしたかった。

ただ、軽々しく姉の身に起こっていることをしゃべれないので、当たり障《さわ》りのない答えしかできない。

「そんなこと言って…寝込んだら元《もと》の木阿弥《もくあみ》だぞ。俺もそんなに貯金があるわけじゃないけど、雨音と風歌ちゃんのためなら惜しまないよ。困っているなら、相談してくれ」

「あははは、ありがと。青山さんオトコマエだねー。でも、本当に大丈夫だよ。おれ、行くね」

青山の申し出を笑い飛ばして、掴まれていた腕を取り戻した。

心配を浮かべた目で青山が見ているのがわかるから、振り向かずに大股で歩いていく。

誰かに、甘えてしまったらダメだ。

一度気を抜くと、ズルズルと崩れてしまいそうだった。

十月も半ばを過ぎ、少しずつ秋が深まっていく。思い切り吸い込んだ空気は、どこか懐かしい匂いがした。

「姉ちゃんも、頑固だねー」

赤く色づいた街路樹を見上げて、独り言をつぶやく。

衝撃の妊娠発覚から約半月。さり気なく聞き出そうとしても、どんなに誘導尋問を仕掛けても、姉は子供の父親について語ろうとはしなかった。

マンションと店の往復で一日が終わる姉が日常的に接する異性は多くなく、雨音も一度は逢ったことのある男だろうと予想はできるけれど、それ以上絞り込むことができない。

結婚『しない』のではなく、『できない』のだから、やはり相手は既婚者なのだろうか…。

「米屋のおっちゃんは違うよなー…青果市場の業者さん…とか、隣のフラワーショップの店長……あとは、病院関係者かな」

確証のない今の段階では、雨音の予想だけで誰かを問い詰めるということはできない。結局は、姉が打ち明けてくれるのを待つしかないのだろう。

とりあえず雨音にできることは、少しでも貯蓄を増やせるよう働くのみだ。

バーや居酒屋、カラオケボックスのテナントが入っている駅前のビルを見上げ、頭から余計な悩みを追い出した。

□□□

淡い青色の光が、足元を照らす。意識して見ようとしなければ、人の顔も判別できないほど照明の絞られた薄暗い店内を歩き、オーダーを取る。

雨音はシェーカーを振ることができないので、こうしてオーダーを取ったり注文の品を運んだり…という雑用が主《おも》な仕事だ。

もともと接客は嫌いではないし、今まで見たことのなかった色とりどりのカクテルを目にするのも楽しい。

時給のよさだけでここのバイトを選び、最初は慣れないお仕着せのギャルソン服に戸惑《とまど》ったけれど、意外と適職かもしれない…と思っている。

金曜の午後十時ともなると、あまり広くない店内は八割がたの席が埋まっている。

「あ、オーダー頼む」

「はい」

通りがかりに呼び止められて、エプロンのポケットからオーダー伝票を取り出した。背の高い丸テーブルには、体格のいい男性が二人いる。

「ジントニック」

「ソルティドッグ…とチーズの盛り合わせね」

薄暗い中、復唱しながら目を凝らしてボールペンを走らせた。お待ちください…と頭を下げてカウンターへ向かう。

シェーカーを振る先輩にオーダーを伝えると、今度はグラス洗いだ。繊細なカクテルグラスは食器洗いの機械を使えないので、一つ一つ丁寧に手洗いしなければならない。

「雨音、それ後でいいからコレ先に持って行って」

「はーい」

白いシャツの袖をまくろうとしたところで、ストップがかけられる。お客さんの数の割にあまりバイト人員が多くないせいか、今夜は格別に忙しい気がする。

それでも、このバーはゆったりとしたくつろぎの空間を売りにしているので、忙《せわ》しなく動き回ることはできない。

雨音はピカピカ光る銀色のトレイに鮮やかな色のカクテルグラスを載せ、教えられたとおりに三本の指だけで掲《かか》げた。

「猫背になってるぞ。…気をつけてな」

「……はい」

先輩バイトに背筋を伸ばせ、と背中を叩かれて姿勢を正す。

なんとなくぎこちない動きだと自分でもわかるが、トレイを落とすよりマシだ…と思い、そろそろと足を運んだ。

窓際のテーブル脇に立ち、男性の斜め後ろから声をかける。

「お待たせしました。……バイオレットフィズです」

できる限りスマートな仕草を心がけて、コルクのコースターにカクテルグラスを置いた。基本が物静かなタイプではないので、ガサツな性格が言動に出ないよう気を使う。

「……ありがとう。一緒にどう？」

ここでは、一人で酒を楽しんでいる客は珍しくない。

そういう人がこうして従業員に誘いかけてくることもたびたびあるけれど、マスターならともかく一介《いっかい》のバイトが誘いに乗るわけにはいかない。

「ありがとうございます。でも、仕事中ですから…」

マニュアルどおりに、相手の気分を害することのないよう、やんわりとお断りする…と言うのは簡単でも、実際にやってみると意外と難しい。

「まぁまぁ、そう言わずに。ここに入った時から、可愛い子がいるなー…って思ってたんだ。未成年…は働けないか。ギリギリ二十歳？」

腕を摑んで引き止められてしまい、困った。

四十歳前後だろうか。袖口から覗く時計といい、スーツといい…身なりのいい人だが、どうにも強引だ。

きっと、断られる可能性を考えていないのだろう。

……同席してもらいたかったら、その手の店に行けよ。オッサン。

そう言い捨てて腕を振り解《ほど》いてやりたいけれど、お客さん相手に言えるわけがない。

「可愛いって、おれ男ですよ。暗いからよくわからないかもしれませんが」

雨音が男だと承知で声をかけてくる手合いも、そこそこいる。そうわかっている上で、冗談にして笑い飛ばしてやろうとした。

ところがこの男は、雨音の忍耐力を試しているのだろうか…という行動に出た。

「いくら暗くても、男か女かはわかるよ。んー…本当に顔も身体も好みだなぁ。細い腰。お尻もカワイイねー」

腰を抱き寄せられたかと思えば、無遠慮に尻を撫で回される。バイト中だから耐えているが、そうでなければとっくに拳が出ているところだ。

……この、エロオヤジが。と想像の中で踏みつけて、無理やり笑みを浮かべた。

「あはは。お触りはダメですよー、お客さん」

笑いながら、さり気なく身体を逃がす。頬が引き攣《つ》っていたに違いない。ただ、店内の薄暗さのせいで、男にはわからなかっただろう。

摑まれている腕を、どうやって取り戻そうか考えていると、男が声を潜《ひそ》めて話しかけてきた。

「君、もっと割のいいバイトをしたくない？　こんなところでちまちま働くよりも、ずっと簡単に稼げるよ」

……めちゃくちゃ胡散《うさん》臭い。

社会経験の乏しい雨音でも、それくらいはわかる。

だいたい、楽して儲《もう》かると思うな…というのが、勤勉だった両親の教えだ。都合のいい話が簡単に転がっているわけがない。

「せっかくですが、おれ、地道に仕事するのが性に合っていると思いますので」

ジリジリと腕を引き、男から離れようとする。それが伝わったのか、雨音の腕を掴む手の力が強くなり、グッと引き寄せられた。

誰か……助けてくれないかと目を泳がせる。

他のバイト仲間は忙しく動いているし、ここは店の奥まった場所なので、誰も雨音のピンチに気づいてくれそうにない。

バイトを首になるのを覚悟して、男に蹴りを入れようかと迷ったけれど、姉の姿が頭に浮かんでギリギリのところで思い留まった。

忍耐力の限界を試されている気分だ。

「ひと月に…百万払ってもいい。どう？　少し考えてみないか？」

ひゃくまんえん……。

うまい話には裏がある。タダより高いものはない。

百万円という文字をバックに、格言が脳内を駆け巡った。

「あの……どんな内容の仕事ですか？」

グラリと心が揺れる。

内容によっては、少し考えてもいいかな…という方向に針が振れた。

「私はね…綺麗なものが好きなんだ。特に、君のような…色っぽいことを知りません、という純真そうな子をこの手で変えるのが最高だね」

「は……ぁ…」

……やっぱり、やめたほうがよさそうだ。

そう結論づけて、お断りを口にしかけた時、背後から肩を抱き寄せられた。ようやく雨音の窮状に気づいたバイト仲間の誰かが、助けに来てくれたのだろうか…。

ところが、振り向いた雨音の視界に入ってきたのは、バイト仲間の見慣れたギャルソンエプロンではなくスーツの胸元だった。

「申し訳ありませんが、この子は私のものでして……。今のところ手放す予定はありませんので、横入りは遠慮していただけるとありがたいですね」

言葉遣いは丁重だが、随分と慇懃《いんぎん》無礼なしゃべり方だ。

誰だ…？　と思いながら視線を上げて、息を呑んだ。こんなところで逢う想定などしたことがない人だったので、驚きのあまり反応が遅れる。

「…五十嵐……先生」

啞然と名前をつぶやいた雨音に、五十嵐は表情を変えることなくチラリと目を向ける。

表情のない端整な顔からは、なにを考えているのか窺《うかが》い知ることはできない。けれど、きっと雨音が困っている気配を察して助け舟を出してくれたのだろう。

「あー…なるほどね。お手つきってわけか。でも、この子からそういう雰囲気は感じないんだけど。可愛がり方が足りてないんじゃない？」

雨音と五十嵐、二人ともが黙っていると男は勝手な解釈をしてくれる。

助けようとしてくれている五十嵐のことを思えば、そんなんじゃないと否定することはできなかった。

ただ、ジロジロと全身を眺めながら妙な想像をされるのは、いい気分ではない。

「そういう雰囲気ね……。色気は誰にでも垂れ流すものではないでしょう。二人きりの時だけでいい」

五十嵐は雨音の肩を抱き寄せながら、落ち着き払った声で反論した。

明らかに男よりも五十嵐のほうが若い。

なのに、こうして淡々と対峙《たいじ》する五十嵐が腹立たしいのか、男の纏う気配がピリピリとしたものになった。

「二人の時か…。でも、やっぱりこの子からは、まっさらな匂いしかしないんだけどなぁ……。本当に君のものなの？」

……どんな匂いだ。

雨音が心の中でつぶやいて嘆息したとほぼ同時に、五十嵐が顔を寄せてきた。薄暗い照明でも、結構睫毛《まつげ》が長いんだな…と判別ができるほど近い……。

「雨音くん、すみません。少しおとなしくしていてください…」

「え……？」

どういう意味だと問い返そうとしたけれど、口にしかけた言葉が遮られた。やんわりと唇に触れているのは、五十嵐の……唇？

反射的にギュッと瞼《まぶた》を閉じて、右手に持っているトレイを強く握り締める。

雨音が身体を強張《こわば》らせたのがわかったのか、五十嵐の手がそっと肩を撫でてきた。今更ながら、ドクンと心臓が大きく脈打つ。

おとなしくしていろなどと言われなくても、まったく動けない。全身の筋肉が強張っているみたいだ。

雨音の肩を抱いた五十嵐の手に、グッと力が込められた。

「……ン…」

歯列を割って潜り込んできたあたたかな舌が、口腔《こうこう》の粘膜をくすぐり…ビクビクと身体を震わせる。

ここまでする必要はないのでは…と思っても、声に出すことはできない。絡みつく舌に、言葉を封じられている。

「ぁ…っ」

不意にあたたかな指先が耳の裏側を撫で、ビクッと背筋を仰《の》け反らした。ガクガクと膝が震え、力が抜けそうになる。

……自分の身体を支えていられない。

くったりとした身体を五十嵐に抱きかかえられて、かろうじて立っていられる状態だ。

「……大丈夫ですか？」

唇が解放され、五十嵐の肩に額をつけた。耳元で低い声が囁《ささや》き、雨音はぼんやりとした頭のまま曖昧《あいまい》にうなずいた。

自分がどうなっているのか……よくわからない。首から上が熱くて、五十嵐に吸いつかれた舌がジンジンと痺《しび》れているみたいだ。

頭の中が真っ白になっている。

「まだ疑いますか？」

低く問いかけた五十嵐の言葉に、男の声が答える。

「…わかった。降参。修羅場は避けたいんでね。ちょっかいかけて、悪かったよ」

軽く声をかけてきただけで、男にとって雨音は執着するほどの存在ではないのだろう。

雨音が拍子抜けするほどあっさり、もういい…と笑った。

「でしたら、失礼します。おいで……」

雨音の肩を抱いたまま、五十嵐は男の傍《そば》を離れた。

一人でゆったりと飲んでいたのか、五十嵐に連れて行かれたテーブルにはグラスがぽつんと一つだけ置かれている。

「雨音くん……あんなことをしてすみませんでした」

うつむいたまま顔を上げられずにいる雨音の頭上から、静かな五十嵐の声が降ってくる。

慌てて五十嵐を見上げ、首を横に振った。

「あ、いえ…おれのほうこそ、助けてもらって…」

薄暗いのでハッキリとは見えないけれど、冷静な声からも五十嵐はいつもと変わらない表情をしているようだ。

雨音には過ぎるほど濃厚なキスだったが、大人の五十嵐にとっては特に意識するものではないのだろうか。

……それ以前に、同性を抱き寄せることに抵抗はなかったのか？

「雨音！　ムダ話してるなよ」

後ろを通りかかったバイト仲間に背中をつつかれて、ハッと我に返った。うっかり失念しそうになっていたが、仕事中なのだ。

「すみません、おれ、バイト中なので……失礼します。本当にありがとうございました」

「ああ……」

五十嵐に頭を下げて身体の向きを変えると、ちょうど先ほどの男が会計をしているところだった。

チラチラと雨音を見ながら、マスターとなにか言葉を交わして店を出る。もしかして、苦情を言われてしまったのだろうか。

でも、雨音に落ち度はなかったはずだ。尻を撫でられても我慢したのだから……。

「……雨音、ちょっと裏へ…」

「はいっ」

レジを出たマスターに腕を叩かれ、やっぱり…とため息をつきたくなる。バックヤードで説教か。

何気なく振り向くと、淡い照明のせいで表情はわからないけれど五十嵐がこちらを見ていた。なんでもないと伝えたくて、軽く手を振った。

「雨音が見かけよりしっかりしているのはわかっているし、よく働いてくれるから、こんなことで…っていうのは僕も心苦しいんだけどねぇ。できるだけ、面倒なことは避けたいんだ。雨音には悪いけど……」

「……わかりました」

雨音は、硬い声で解雇宣告に従う旨《むね》を伝えた。

あの男……あっさり引き下がったように見せかけて、とんでもない嫌がらせをしてくれた。

理不尽な理由での解雇に怒りが込み上げてきて、グッと身体の脇で両手を握り締める。こんなことなら、尻を撫でられた時に殴っておけばよかった。

「今日までのバイト代、計算しておくから。着替え終わったら帰る前に声をかけて」

「はい」

ため息を呑み込んで答え、肩を落とす。

実入りのいいバイトだったのに……無念だ。

男が口にしたのは、苦情というほどのものでもなく、「あの子って未成年じゃないのか？」という一言だったらしい。

マスターは雨音の実年齢を知っているので、「童顔ですが成人していますよ」と答えたそうだけれど、問題は実年齢ではなく未成年に疑われる外見だという。

今後も同様のことを他のお客さんから言われるかもしれないし、客商売の飲食店としては、できるだけ面倒を避けたい……。

その言葉に反論することができなかった。

望んで童顔なわけではない。雨音も、男として舐《な》められない程度に、男らしくて大人っぽい雰囲気が欲しい。

憂鬱《ゆううつ》な気分で私服に着替え、帰り支度を整えた。

……新しいバイトを探さなくては。

昼は『たんぽぽ』があるので、できるだけ夕方から夜に始まる仕事がいい。警備員や夜間工事関係は体格も体力も不適格だとわかっているので除外して、やはり接客系……深夜営業のファミリーレストランかコンビニだろうか。

格段に時給がいいのは、繁華街の中にある店だけれど……また同じことがあるかもしれないので、慎重に考えたほうがいいかもしれない。

いっそのこと童顔を生かして、以前勧誘されたことのある女装バーにでも勤めてやろうか。割り切ってしまえば、高給は魅力だ。

「マスター…」

スタッフルームを出てレジの脇にいたマスターに声をかけると、封をした茶封筒が手渡される。

「ああ、じゃあ…これね。本当に悪いな」

「いいえ。お世話になりました。他の皆さんにも、よろしくお伝えください」

マスターと、カウンターの中から雨音を見ている先輩バーテンダーに軽く頭を下げて、店のドアを開けた。

狭い階段を下りながら、さてこれからどうするか…と思考を再開する。

うつむいたまま最後の一段を下りた途端、誰かに腕を摑まれてギョッとした。

「な…、誰だ……っ!　あ……」

勢いよく見上げた雨音の目に飛び込んできたのは、こげ茶色のスーツ……そして、見憶《みおぼ》えのある端整な顔だった。

「五十嵐……先生」

淡い照明しかなかった店内とは違い、きらびやかなネオンの光に照らされているので間違えようがない。

驚きから立ち直った雨音は、勢いよく頭を下げた。

「さっきは、ありがとうございました」

「……助けてもよかったのかな」

頭上からは、硬い声が落ちてくる。

どこか……冷めた響きの低い声に、ビクッと顔を上げた。

「え……？」

どういう意味だ、とゆるく眉を寄せた。仰《あお》ぎ見た五十嵐は見事な無表情で、なにを考えているのか読み取ることはできない。

「君が、積極的に抵抗しているようには見えなかったもので。あの男に触られても、平然としていましたし」

「そんなことは……」

ない、とハッキリ否定できずに語尾を濁《にご》した。

百万円という数字に、一瞬でも心が揺れたのは事実だ。真っ当に働いていたのでは、まず短期間で手に入れるのは無理な額で……。

黙り込んだ雨音を、どう思ったのだろうか。五十嵐は摑んでいた雨音の腕を放し、小さく嘆息した。

「……移動しませんか？　お茶でも飲みましょう」

背中に手を当てて誘導され、うなずいた。

顔見知りの人間に気まずい場面を見られてしまったせいか、なぜ五十嵐が誘ってくるのか……深く考えることはできなかった。

□　□　□

午前三時まで営業しているというカフェは、落ち着いたアースカラーを基調とした内装だった。プライバシーを重視したテーブル配置で、他の席が見えないようになっている。

五十嵐と向き合ってアルコールを口にする気にはなれず、差し出されたメニューからカプチーノを選ぶ。

雨音が予想していたとおり、五十嵐はあまり口数が多いタイプではないらしく、無言で雨音を見ている。

……なんとなく、空気が重い。

「そういえば先日いただいたお握り、おいしかったです。ありがとうございました」

ぽつんとつぶやかれた五十嵐の言葉で、半月前のことを思い出す。

そうだ、姉を病院へ連れて行ってくれたせいでお昼を食べ損ねそうになった五十嵐のために、簡単なお握りとおかずを病院へ持っていったのだった。

ここしばらく怒濤の日々を過ごしていたせいで、すっかり忘れていた。五十嵐も、店で何度か顔を合わせた時は一言も触れなかったのに……気まずい沈黙に耐えかねて、なんとか掘り出した話題なのかもしれない。

「……あの時は、姉がお世話になりました」

「お姉さんの具合はいかがですか」

「おかげさまで…順調です」

「それはよかった」

あまり深く踏み込んではいけないと思っているのか、五十嵐はそれ以上姉の話を続けようとはしなかった。

再び沈黙が落ち、雨音は落ち着きなく木目のテーブルに視線をさ迷わせる。

テーブルの上で指を組んでいる五十嵐の手が、目に入る。水仕事が多くてどうしても荒れてしまう雨音の手とは違い、綺麗な指だ。内科医ということは直接人の肌に触れるのだから、意識して手入れをしているのかもしれない。

……でも、なにか……違和感がある。

「お待たせしました。カプチーノのお客様」

五十嵐の指を凝視して考えていると、店員がオーダーした飲み物を運んでくる。

「……彼に」

組まれていた指が解かれて五十嵐の手が自分に向けられた瞬間、違和感の正体に気づいた。左手の薬指……いつもそこにある銀色の指輪が、ない……？

「こちら、エスプレッソです。ご注文は以上でおそろいでしょうか。ごゆっくりどうぞ」

カフェの店員は、五十嵐と雨音の前にカップを置くと明るい声で言い残して踵《きびす》を返す。

雨音は五十嵐の手元からさり気なく視線を外し、湯気を立てるカップに目を向けた。

「ここのコーヒー、おいしいですよ。砂糖は入れますか？」

五十嵐の長い指が、シュガーポットに入っている紙に包まれた角砂糖を摘み上げる。マイペースに見えて、意外と面倒見のいい人なのか…と思いつつ、慌てて顔を上げた。

「あ、一つだけ…。自分でやりますから……ありがとうございます」

雨音が答えるより早く、ブラウンシュガーの欠片《かけら》がカップに入れられる。手早くかき混ぜられて、おずおずと礼を口にした。

香ばしいコーヒーとやわらかなミルクの香りに誘われて、カップを口元へ運ぶ。コーヒーとミルクのバランスがちょうどよく、雨音の好みにぴったりだった。

「おいしい……」

無意識に感想をつぶやく。

普段はほとんどインスタントしか飲まない雨音には、贅沢な味だ。

同年代の友人と遊ぶことも滅多にないので、繁華街の真ん中にこういう雰囲気のカフェがあることも知らなかった。

「お店を閉めた後にまで…アルバイトをしているんですか」

エスプレッソを一口含んだ五十嵐は、チラリと切れ長の目を雨音に向ける。

淡々とした口調は青山のように心配しているものでもなく、どういう意図で尋ねてきたのか読み取れない雨音は曖昧に笑ってみせた。

「あ、正確にはアルバイトをしていた…です。ついさっき、首になりましたから」

目の前でバックヤードに連れて行かれたのだから、きっと五十嵐にも想像はついていたことだろう。

だから、雨音が出てくるのを待つように店の外で立っていたに違いない。

場の空気が重くならないようにヘラヘラと笑った雨音は、五十嵐がニコリともしてくれないことに焦り、とんでもない言葉を口走る。

「店内で春を売っているとでも思われたんですかねー」

冗談が通じる相手なら、笑ってくれたかもしれない。でも、どう見ても五十嵐はそういうタイプではなく……口にした次の瞬間には、もう後悔していた。

物怖《ものお》じすることのない性格だと自負していたのに、五十嵐に対しては自分らしくない緊張をしているという自覚がある。

「あ、でも、おれみたいなのを買う人なんていないか…な」

引っ込みがつかなくなり、更に上滑りした言葉が飛び出してしまう。

五十嵐がなにも言ってくれないせいで、ますますどうすればいいのかわからなくなってきた。

気まずい沈黙が流れる。

誤魔化すようにカップを摑んでカプチーノを飲んでも、最初の一口のようなおいしさは感じられなかった。

「……金銭的に困っているんですか？」

やっと五十嵐が口を開いたかと思えば、内容はどうにも答えづらいことで……雨音は、テーブルの上にある五十嵐の手に視線を落とした。

長い、綺麗な指……。ガサガサに荒れた自分の手が恥ずかしくなり、テーブルの下…膝の上に隠すように置く。

「正直に言うと、余裕はない…です」

今まで、誰にも……比較的親しくつき合っている青山にも言ったことのない本音だった。

笑おうとして失敗してしまい、ギュッと唇を嚙み締める。

親しければ親しい相手ほど、意地でも弱いところは見せるものか…と虚勢を張っていた。

作り笑いを浮かべたり、無意味に優しい素振りを見せたりしない五十嵐なら、きっと雨音を哀《あわ》れむことなどない。

そう思ったから、口にできた言葉だろう。

「自分を切り売りしようと思うほど……ですか」

「え……」

静かな声に、ビクッと肩を揺らして顔を上げる。五十嵐はいつもと同じ…無表情で雨音を見ていた。

なにか、誤解をされているような気がする。

そういえば、あの男に触られても抵抗していなかった……とか、助けたのは余計なことだったかと聞かれた…。

「あの…」

コクンと唾を飲んで言いかけ、続く言葉を探した。

どう言い出せばいいのだろう。

なんの前置きもなく、売春なんかしていませんよ…と言うのもおかしいし、誤解されているということ自体が雨音の考えすぎだったら、とんでもなく恥ずかしい。

「……失礼」

「え……？」

五十嵐の手が伸びてきて、顎《あご》の下に指を添えられた。うつむき加減だった顔を上げさせられ、マジマジと凝視される。

指が……あたたかい。

なぜか、金縛りにあったみたいに身体が動かない。

目を合わせることも五十嵐の手を振り払うこともできず、わずかに視線を逸《そ》らしたまま息が詰まるような緊張感に全身を強張らせた。

「邪魔をしてしまったお詫《わ》びに、私が買いましょうか。どこの誰ともわからない他人よりは、安全だと思いますよ。幸い、特殊な性癖を持ち合わせてもいませんし……」

「……………」

この人は…なにを言っているのだろう。

言われた言葉の意味を汲《く》み取ることができず、雨音はぼんやりと目の前にある冷たいくらいに整った顔を凝視した。

買いましょうか……とは？

「無償の金銭援助を申し出ても、きっと君は素直に受け取らないでしょう。それなら、正当な対価として私に飼われますか？」

買う……？　飼う……？

明言は避けているけれど、これはまさか売春の誘いではないかと思い至った瞬間、雨音はカーッと頭に血が上《のぼ》るのを感じた。

「っ……な…っに」

ふざけるなと言い返したいのに、舌がもつれたようになって言葉にできない。衝撃が大きすぎて、膝の上に置いた手が小刻みに震えた。

これが見知らぬ男なら、冗談じゃないと言い捨ててテーブルを引っくり返しているところだ。

それなのに今、言葉が出ないほどショックを受けているのは……五十嵐に対して、これまで悪感情を持っていなかったせいだろうか。

特別親密につき合っていたわけではない。週に二、三度ほど店に来て、短い言葉を交わすだけの関係だ。けれど、二年弱のつき合いの中で、この人は誠実な人なのだろうな……と根拠もなく思い込んでいた。

雨音が勝手に抱いていたイメージを崩されたからといって、五十嵐に幻滅するのは馬鹿げたことだとわかっている。

でも、身体の震えが止まらない。

「あの男ならよくて、私は嫌ですか？」

相変わらずの、静かな口調だ。生々しい話のはずなのに、じっとりとしたいやらしさは、まったく感じなかった。

五十嵐がなにを考えているのか、わからない……。

「本気…ですか、冗談ですか？」

カラカラに渇いてひりつく喉をコクンと鳴らして、かすれた声で尋ね返した。

冗談だと……たちの悪いからかい方をしたと、言ってくれたらいいのに。

「本気です」

祈るように思っていた雨音をあざ笑うかのように、ハッキリとした声で答えが返ってくる。

ズキンと、胸の奥が鈍い痛みを訴えた。

なにより、そういうことができる人間だと五十嵐に思われている……。それが一番、ショックなのかもしれない。

それなら、どうとでも思えばいいんだ……という、自虐的な気分になる。

「おれ……高いですよ？」

無理やり唇の端を吊《つ》り上げて、五十嵐と視線を絡ませた。どこかで、ピキピキとなにかがひび割れたような気がする。

それは、プライドなのか……張り詰めていた緊張なのか。これまで五十嵐に抱いていた、親しみや信頼なのかはわからないけれど。

「契約成立……ですかね」

切れ長の目を細めた五十嵐は、テーブルの上に片手をついて上半身を乗り出してきた。

顎の下にある指はそのままで…。五十嵐がなにをする気か察した雨音は、グッと膝に置いた手を握り締めて瞼を伏せる。

あたたかく、やわらかな感触が唇に触れて……爪《つめ》が手のひらに食い込むほど強く拳を握り込んだ。

優しいキスのはずなのに、触れられたところから体温が下がっていくような気がする。

……おれは、なにを…しているのだろう。

ふと頭の片隅に残った冷静な部分が囁いたけれど、完全に引っ込みがつかなくなっていた。

《四》

十月も末になると、街の景色がすっかりと秋のものになる。澄んだ空気は冷たく、街路樹は色の変わった葉を落としている。

「雨音くん、これお隣にお願いね」

「はーい」

姉から弁当パックの入ったビニール袋を受け取った雨音は、急ぎ足でお隣の『ノエル』へ向かった。

お昼のバタバタした時間に、姉を一人にするのは不安だ。早く配達を済ませて『たんぽぽ』に帰らなければ。

「こんにちはっ。お昼ご飯を届けに来ました！　青山さんたちにお願いしますね」

いつものようにバイトの女の子に渡して、早々に帰ろうとしたところで奥から青山が出てくる。

手招きされてしまうと無視するわけにもいかず、早く戻りたい……と思いながら青山の前に立った。

「なんですか？　おれ、早く店に戻りたいんだけど……」

そわそわと口にした雨音を見下ろして、青山は苦笑を浮かべる。

「昨夜、駅前ビルのバーに行ったんだけど、雨音の姿が見えなかったからさ。『オリーブ』でいいんだよな？　バイト、休みだったのか？」

「あ……青山さんに言ってなかったっけ。おれ、バーのバイト辞めたんだ」

立ち話をする機会がなかったし、わざわざ話すことでもないので、辞めたことは青山に言っていなかった。

雨音がいると思ってバーに行ったのなら、悪かったな……と申し訳ない気分になる。

「なんだ……じゃあ、いなくても当然か。やっぱり、身体がきつかったか」

「うん…まぁね。心配してくれてありがと。じゃ、おれ店に戻るから」

次にどんなバイトをしているのだと聞かれても答えられないので、早口で誤魔化して踵を返そうとした。

足を踏み出しかけたところで「待て」と腕を摑まれて、ギクッと動きを止める。

「雨音、マロンパイ好きだったろ？　昨日の残りだけど…品質に問題はないから、風歌ちゃんとおやつにして」

生ケーキが並ぶ冷蔵ガラスケースの隅にあった、ケーキボックスを差し出される。青山の作るマロンパイは、大きな栗の渋皮煮が丸々一個入っていて、小振りなサイズの割にズッシリ重い。

味はもちろん絶品だ。

雨音と姉の大好物だが…季節限定な上に一日の販売個数が限られているので、あまりお目にかかれないものだ。

青山は昨日の残りと言ったが、きっと取っておいてくれたのだろう。

「すげぇ好き！　ありがと。明日はおかずを一品、オマケするからっ」

もしも雨音に尻尾《しっぽ》があれば、ぶんぶんと音がするほど振り回して喜びを表しているだろう。

それがわかるのか、青山は嬉しそうに笑った。

「そんなに喜んでもらえると、こっちもありがたいな。風歌ちゃんによろしく」

「うん。じゃあ、また明日」

もらったケーキボックスを抱えるようにして、『ノエル』の自動ドアを出た。今日のおやつは豪勢だ。このところ食欲がない姉も、好物のこれなら食べられるかも……。

そう思いながら、足取りも軽く『たんぽぽ』のガラス扉を開けた。

「ただいま、姉ちゃん。青山さんにマロンパイもらったから、冷蔵庫に入れておくねー」

カウンターの奥に入り、厨房にいる姉に声をかける。椅子に腰かけていた姉は、雨音の姿を目にして立ち上がりかけ……よろめいた。

「うわっ……きつかったら座ってなよ。無理しなくていいからさ」

慌てて腕を差し出して、華奢な姉の身体を支える。

「……ごめん、雨音くん」

姉の身体がどれくらいきついのか、雨音にはわからない。だからこそ、心配でたまらない。無理に店に出なくてもいい…と何度も言ったけれど、姉は頑固に「大丈夫」と言い張って出てくるのだ。

店に来るお客さんの中に、逢いたい人がいるのだろうかと……邪推してしまう。

「あ…お客さんだ。姉ちゃんは座ってて」

ガラス扉が開いて誰かが入ってきたのに気づき、雨音は「いらっしゃいませ」と声をかけながらカウンターへ向かった。

長身の人影……五十嵐の姿に、ドクンと心臓が大きく脈打つ。

「日替わりは…まだありますか？」

「……はい」

今日の日替わり弁当は、きのこオムレツをご飯に載せて、和風のあんをかけた……和洋折衷《わようせっちゅう》のきのこオムレツ丼だ。

そういえば姉とメニューを考えていた時に、卵好きの五十嵐が好みそうだな…と端整な顔を思い浮かべた。

「では、それを三つお願いします」

五十嵐がまとめ買いするのは、珍しい。よく考えれば、今はまだ診療時間のはずだ。当番ではなくちょうど手が空いていたので、ついでにと頼まれたのだろうか。

少しお待ちください…と言い置いて、厨房に入った。立ち上がろうとする姉を制止して、小さなフライパンをガスコンロに並べる。

きのこソテーはあらかじめ作ってあるので、あとはオムレツにすればいい。

耐熱プラスチックの丼用パックにあたたかいご飯を入れておいて、加熱したフライパンに溶き卵を流した。

手早くオムレツを三つ作ってご飯に載せ、和風あんをかけて完成だ。急いだつもりだが、雨音一人では十分近くかかってしまった。

「お待たせしてすみません。千五百円になります」

ビニール袋に入れながら、カウンターで待つ五十嵐のところへ戻る。椅子に腰かけていた五十嵐は、無言で財布を取り出した。

カウンターの上にちょうどの代金を置いて、雨音が差し出したビニール袋に手を出す。

その、左手の薬指には……見慣れた銀色の指輪がキラキラ光っていた。

「……店を閉めたら、連絡してください」

静かな声に、ハッと指から視線を外して顔を上げる。

雨音とムダ話をする気はないのか、五十嵐はそれ以上なにも言わずにガラス扉を開けて出て行った。

店の前で若い女性看護師さんとすれ違い、短く言葉を交わしているのが見える。五十嵐がかすかな笑みを浮かべた瞬間、雨音の胸に鈍い痛みが走った。

……雨音に笑いかけてくれることなんて、ほとんどないのに……他の人には優しそうな笑顔を見せるのか。

「こんにちはー。雨音くん、今日の日替わり、きのこオムレツ丼だって？　まだあるー？」

「あ、いらっしゃいませ。いつもありがとうございます。まだありますよー」

五十嵐から日替わりの内容を聞いたのか、そう言いながら店内に入ってきた女性看護師さんに答えた雨音は、五十嵐のことを頭から追い出した。

ただ、店を閉めたら連絡を……と言った低い声が、いつまでも耳の奥に残っているみたいだった。

□□□

店の片づけをして、ふー…と息をつく。本人は大丈夫と言っているけれど、心配なので姉にはタクシーで帰宅してもらうことにした。

幸い、ここは総合病院の真ん前なのだ。タクシー乗り場には、夜でも数台のタクシーが待機している。

「おれのことは気にせず、先に寝ていて。なにかあったら、すぐに連絡してよ」

「うん。……雨音くん、あまり無理しないでね」

これからバイトだと言っている雨音に、姉は申し訳なさそうな顔でそうつぶやく。口には出さないけれど、なんのためのバイトなのかわかっているのだろう。

「平気だって。じゃあ…お願いします」

タクシーの運転手に頭を下げて、一歩後ろに下がった。病院から乗せる客なので、きっと丁寧な運転をしてくれるだろう。

タクシーが視界に映らなくなるまで見送った雨音は、ジーンズのポケットから携帯電話を取り出した。

登録してある番号から五十嵐のものを選び、少し迷って指先に力を入れる。

耳に押し当てた携帯電話から、規則的な呼び出し音が響いた。

「そろそろ、冬物がいるかな…」

秋物のジャケットでは寒いな…と独り言をつぶやいて、夜空を見上げる。空気が澄んでいるのか、キラキラと星が瞬いていた。

『もしもし…』

ぼんやりと空を仰ぎ見ていた雨音は、呼び出し音が途切れて五十嵐の声が耳に入った途端、ビクッと肩を揺らした。

慌てて携帯電話を持つ手に力を込める。

「あ、……矢吹です。遅くなってすみません」

五十嵐には名字で呼ばれたことはない。でも、電話口で名前を名乗るのに躊躇《ためら》いを覚え、無難な言葉を口にした。

『ああ…今、どこですか』

「病院の、タクシー乗り場のところです。…姉を送ったので」

『少し待っていてください』

そう言い残して、プツ…と通話の途切れた携帯電話をジーンズのポケットに戻しながら、ついため息が零《こぼ》れてしまう。

あの夜……。俗な言い方をすれば、五十嵐と愛人契約を結んだ。

けれど、具体的になにをするわけでもなく、カフェを出たところでもう遅いからと帰宅させられたのだ。

したことといえば、携帯電話の番号交換だけで。やっぱりアレは五十嵐の冗談だったのではないかと疑っていた。

一週間も経って、こうして誘いかけられるとは思わなかった。

五十嵐は、どうするつもりなのだろう……。

契約成立と言いながらキスをしたのだから、やはり『大人のつき合い』というやつを求めているのか…?

でも、取り立てて美形でもなければ女の子でもない、雨音みたいな同性相手に五十嵐がその気になるとは思えない。

だいたい、五十嵐は既婚者のはずで……。

「……雨音くん」

「は、はいっ」

足元に視線を落として考えていた雨音は、不意に名前を呼ばれて顔を上げた。驚きのあまり、心臓がドクドクと猛スピードで脈打っている。

考えていたことが考えていたことなので、特に驚いたのかもしれない。

「乗ってください」

目の前に停まっている深い紺色の車の窓から、五十嵐の姿が見える。コクンと唾を飲んだ雨音は、助手席のドアを開けた。

「お邪魔します…」

おずおずと声をかけて、シートに腰かける。何気なく運転席に目を向けると、ぼんやりとした薄明かりの中、五十嵐が雨音を見ていた。

雨音を抱きすくめるように長い腕が伸びてきて、反射的に肩をすくませる。

「……シートベルトを締めてください」

「あ…はい。すみません……」

ついさっきまで『大人のつき合い』について考えていたせいだろうけど、変な勘違いをしてしまったことが恥ずかしい。

雨音がシートベルトを締めると同時に、ゆっくりと車が動き始めた。

どこへ行くのか、尋ねることもできない。下手に口を開くと、的外れな言葉やみっともなく上《うわ》擦《ず》った声が出てしまいそうだ。

ほとんど振動のない大型車は、静かに幹線道路を走っていく。

赤信号で停まった時、五十嵐がふと思い出したように左手の指輪を外した。

どうするのかと黙って見ていると、慣れた仕草で車に備え付けられた灰皿を開けて、その中に落とす。

それを見ていた雨音は、複雑な気分になった。

左手の薬指から指輪を外すことの意味は……なんだろう。

奥さんに対する罪悪感だろうか。それとも、これで縛られるものがないから好きにするという、自分勝手で傲慢《ごうまん》な宣言か。

「雨音くん、夕食は済みましたか?」

考えを巡らせていると、正面を向いたまま五十嵐が尋ねてきた。淡々とした…普段と変わらない声だ。

五十嵐にとって、車の中で指輪を外すことは特別なことではないのだろう。

視線を外せない運転中でよかった。今、顔を見られてしまったら……雨音の複雑な心情が見抜かれてしまいそうだ。

「はい。店の残り物を……」

「もう、なにも入りそうにない？」

「そう…でもないと思いますが」

成長期は過ぎているが、大食らいだという自覚はある。店の残り物はその日によってまちまちで、今日はあまり余らなかった。

姉が軽く雑炊を作って食べ、雨音は佃煮《つくだに》と鮭のお握り、鶏の唐揚げを二つ食べた程度だ。

「では、つき合ってください。私は今からなものでして。ご馳走します」

エサを与えるのも、義務の一つか……。

雨音は自嘲《じちょう》気味にそう思いつつ、「はい」と答えた。

創作イタリアンのレストランを出ると、ぽつぽつ雨が降り始めていた。ほんの数時間前まではいい天気だったのに、驚くような天候の変化だ。

駐車場に停めてある車に二人で駆け込み、ふー……と息をつく。

「時間、もう少しいいですか？　帰りは送りますので」

丁寧な言葉遣いを崩そうとしない五十嵐に、雨音は言いそびれていたことを口にした。

「それは構いませんが…五十嵐先生、おれ相手に丁寧なしゃべり方をしなくてもいいですよ。なんか、変な感じで……」

「これは習慣ですので、気にしないでいただけると嬉しいです。じゃあ…名前だけ呼び捨てにさせてもらいます。君も、私に畏《かしこ》まったしゃべり方をしなくてもいいですよ。『先生』も要りません。そうですね……名前で呼んでください」

名前で……と言いながら、五十嵐はダッシュボードの上にあるプラスチックケースを裏返して指差した。

病院駐車場の、関係者用駐車許可証らしい。そこには、『内科　五十嵐直《なお》』という名前と、この車のナンバーが記されている。

「じゃあ、直…さん、でいい？」

口にした直後、なぜか急激な照れに襲われて口元を手で覆った。普段は、年上の男性を名前で呼ぶことなどないせいだろうか。一瞬で首から上が熱くなる。

車内が薄暗くてよかった。

そうでなければ、雨音の頬が紅潮したと気づかれているだろう。

「それでいいです。車を出しますから、シートベルトを……」

エンジンを始動させながら、五十嵐がうなずく。雨音は言われたとおりにシートベルトを締めて、フロントガラスに当たる雨粒を目に映した。

丁寧な運転の車は、渋滞に巻き込まれることもなく雨の中を走る。真新しいマンションの地下駐車場へ滑り込むまでの数十分間、五十嵐も雨音も無言のままだった。

どこへ連れて行かれるのかと、密《ひそ》かにビクビクしていた雨音は、ホテルではなかったことに少し安心してしまった。

五十嵐がなにも言ってくれないので、妙な想像ばかりが膨らんでしまうみたいだ。

「雨音、降りて」

駐車スペースの一角に車を停めた五十嵐は、雨音に声をかけると先に車から降りた。ここに残っていても仕方がないと思い、雨音も車から降りるとガランとした駐車場を見渡した。

コンクリートの無機質な灰色が広がっている。

「ここ……は？」

「私の住んでいるマンションです」

一言だけ口にして歩き始めた五十嵐の後を、慌てて追いかける。エレベーターに乗って五階で降り、マンションの室内に入るまで誰とも逢うことがなかった。建物の大きさの割に戸数が少ないようなので、住人が多くないのだろう。

「どうぞ。入ってください」

躊躇いなく招き入れた五十嵐に、雨音のほうが戸惑う。

いいのか？　……奥さんがいるのではないのだろうか。

そんな余計な心配をしたけれど、玄関を見ても通されたリビングにも、女性の気配はまるでなかった。

駐車場と同じように、室内は物が少なくて素っ気ない雰囲気だ。

そうか。セカンドハウスというやつかもしれない。少し離れたところに別宅があり、奥さんはそこにいるのかも……。

ここなら、五十嵐が勤務する病院までも近いはずだし……自宅に戻らない言い訳にもなるだろう。こうして、誰かを連れ込むのに好都合……。

そこまで考えた雨音は、胸の奥にどろどろとした感情が渦巻くのを感じた。

……なんだか、気分が悪い。

五十嵐がそんなことをしているという想像のせいか、不特定多数の中の一人にされたことが気に入らないのか。

考えようとしても、考えたくないと頭が考えることを拒否する。肯定されたらますます嫌な気分になりそうなので、五十嵐に直接尋ねることもできなかった。

「そのあたりに座ってください。なにか飲みますか？　といっても、ここにあるのはコーヒーかミネラルウオーター、あと野菜ジュースだけですが……」

スーツの上着を脱いでソファの背にかけた五十嵐は、奥にあるキッチンカウンターのほうへ足を向ける。

「食後にコーヒーを飲んだから…なにもいらない」

雨音もジャケットを脱ぎ、座り心地のよさそうなソファに腰を下ろした。硬すぎずやわらかすぎず、適度に沈んで身体を受け止めてくれる。

ブラインドが下ろされた窓の外は見えないけれど、規則正しく降り続く雨の音が聞こえてくる。

雨音が生まれた日も、静かな雨の朝だったと……存命だった頃の母親から聞いたことがある。

「もらいものですが、よければどうぞ。チョコレート、好きですか？」

「あ…ありがとうございます。大好きです」

ソファの前にある、曲線的なガラステーブルの上に小さな六角形の箱が置かれる。手持ち無沙汰だった雨音は、遠慮なく手を伸ばして蓋を開けた。

丸いチョコレートが、行儀よく並んで入っている。蓋の内側には、英語かなにかでブランド名のようなものが書かれていた。

「高そ……」

つい本音が零れ落ちてしまい、雨音の右隣に腰かけた五十嵐がクッと小さく肩を揺らしたのがわかった。

高級なものに慣れていないのだから、仕方ないじゃないか…そんな情けない言い訳を呑み込んで、一つ口に放り込む。

「あ、おいしい」

「それはよかった」

洋酒のきいたチョコレートは、周りがパリパリしていて中がやわらかく、舌の上でスッと溶ける。甘さ控えめで、いくつでも食べられそうだった。

機嫌よくチョコレートを味わっていた雨音だが、

「君は、よく知らない男の部屋に上がることに…抵抗はないんですか？」

そんな五十嵐の言葉に、心の中が冷めていくのを感じた。あんなにおいしいと思っていたチョコレートも、途端に味気ないものになる。

雨音はどう答えるか少し迷い、小さく息をついた。

「よく知らないっていっても、いが…直さんはちゃんと身元がわかっているし。誰にでもついていくわけじゃないから」

まるきり警戒心がないと、誤解されているような気がする。

たとえば、あの…バーで絡んできた男が相手なら自宅に入ろうとは思わなかった。それ以前に、車に乗り込むことさえなかったと思う。

「じゃあ……こういうことは？」

さり気なく左手で肩を抱かれて、わずかに身体を硬くした。一度は緩んでいた緊張の糸が、再び張り詰める。

「別に……抵抗はない」

自分でも深く考えないようにしていた事実を、ぽつんと口にした。

雨音にとって、女性は恋愛対象ではなかった。可愛いと思っても、これまで欲情を感じたことは一度もない。

小さくて可愛い女性は、大切に大切に守らなければならないもので……欲望をぶつけていい存在ではないと思っている。

よく考えると、極度のマザーコンプレックスとシスターコンプレックスが混在しているのかもしれない。だからといって、恋愛の対象が同性になるのは我ながら極端だと思うが……。

複雑なところを説明する気になれず、短い言葉で抵抗はないとだけ告げる。五十嵐はどうなのだと、聞き返すことはできなかった。

既婚者のくせに、同性である雨音にキスができる……。

その事実だけで充分だ。

「なるほど。……それなら、遠慮はいらないということですか」

「……あっ」

左肩に乗っていた手が、スルリとうなじを撫でる。指先が冷たかったわけではないのに、雨音はゾクッと背中を震わせた。

「キスは？」

耳の脇で低い声が囁く。

吐息がかすかに肌をくすぐり、震えそうになる手を強く握り締めた。

「す…好きにしたらいい」

目を合わせる勇気がなく、膝の脇に置いた自分の拳を見ながら答えた。五十嵐こそ、雨音相手にそういうことができるのなら…と声に出すことなく続ける。

再び肩を抱き寄せられる。五十嵐の手のぬくもりがシャツ越しに伝わってきて、落ち着かない気分だ。

なにより、心臓が猛スピードで脈打っている。あまり密着されると、五十嵐にまで聞こえてしまうかもしれないと思うほど……。

「……ッ」

うつむき加減の雨音を覗き込むようにして、五十嵐が唇を合わせてきた。反射的にきつく瞼を閉じ、震える手をますます強く握り締める。

こんなのでは、ダメだ。キスの経験さえほとんどないと、五十嵐にバレてしまう。

ほとんど、どころか……あの夜に五十嵐にされたのが初めてだったと知られたら、興醒《きょうざ》めしてしまうだろう。

慣れている素振りで、もっときちんと応《こた》えなければいけない。頭ではそう考えていても、具体的にどうすればいいのかわからない。

まず、この手を…どこに置けばいいか……。

「…ぁ…」

雨音が悩んでいるあいだにも、五十嵐のキスは濃度を上げていく。

なんとなく息苦しくなって唇を開くと、見計らっていたように五十嵐の舌が潜り込んできた。

「ン……ッ！」

強張った雨音の肩を、大きな手がそっと撫でている。

やわらかく、濡れた舌が雨音の舌を探り出して絡みつく。気持ち悪いと感じてもおかしくないのに、嫌悪感はまるきりなかった。

ただ、形容し難い羞恥《しゅうち》と、どうしたらいいのだろうという焦りが込み上げてくる。

「ッ……ぅ…」

五十嵐の舌先が上顎をくすぐった瞬間、ビクッと肩が震えてしまった。シャツの下…腕に鳥肌が立っているのがわかる。

思わず身体を引きかけたけれど、五十嵐の腕に抱え込まれるような体勢になっていて逃げられない。

そのあいだも、ゆっくりと五十嵐の舌が口腔の粘膜を探り…ゾクゾクと背中をなにかが駆け上がる。

悪寒に似ていても、違う。だって、気持ち悪いのではない。

ただ、頭がくらくらする……。

「んぅ…、っ……ぁ、は……っ」

ようやく解放された時には、強く握り締めていた手にも力が入らない状態だった。抱き寄せられるまま、五十嵐の肩に頭を預ける。

最初から座っていてよかった。そうでなければ、足から力が抜けてへたり込んでしまったに違いない。

「もう少し、いいかな……」

髪に触れながら五十嵐に尋ねられ、無言でうなずいた。こうなれば、あと一回や二回キスの回数が増えても同じことだ。

そう思って五十嵐のキスを待っていた雨音だが、着ているシャツの背中側から五十嵐の手が入ってくるのに焦った。

「え……、ぁ……の」

下着代わりのTシャツも捲《まく》り上げられて、素肌を撫でられる。

少し待て…と五十嵐を引き離したいのに、濃密な口づけの余韻《よいん》が色濃く残っているせいか、身体のどこにも力が入らない。

なにより、一番困るのは…触れてくる五十嵐のあたたかい手が、嫌ではないことだ。

「あ……っ！」

雨音の混乱を知ってか知らずか、五十嵐は耳元に唇を押しつけてきた。薄い皮膚を吐息がくすぐり、隠しようもなく身体が震えてしまう。

「ここ…感じますか」

「や…ッぁ！」

否定する間もなく、やんわりと吸いついてきた。ゾクゾクと背筋が粟立《あわだ》ち、宥《なだ》めるようにあたたかい手に撫でられる。

頭の中が、どうしよう……の一言でいっぱいになった。

触れてくる手も、キスも……全部が心地いい。

抗《あらが》おうという気がどこかへ行ってしまう。

「……直さ…ん、おれ……」

首筋から唇を離して顔を上げた五十嵐を、雨音は戸惑いの滲む目で見上げる。なにを言えばいいのか迷っているあいだに、五十嵐の唇で言葉を封じられた。

唇を合わせたままズルズルとソファに押しつけられ、全身が心地いいスプリングに包まれる。

ゆったりとしたソファでも、男が二人で乗るとさすがに窮屈な感じがする……。

チラリと考えた余計なことは、絡みついてきた舌によって一瞬で頭の隅に追いやられた。

「ぁ……、ン……ン…」

身体の脇で握り締めていた手を取られ、肩に誘導された。おずおずと抱きついた五十嵐の背中は、広くてあたたかい……。

咎《とが》められないことに勇気を得て、ギュッとシャツを握り締める。

今度は脇腹のほうから大きな手が入ってきたけれど、雨音はわずかに身体をよじっただけで五十嵐の手を受け入れた。

与えられるものがすべて気持ちいいせいか、拒《こば》めない。

「ッ、ぅ……!」

ぬるま湯に浮いているような、ゆったりとした心地よさに身を任せていた雨音は、胸元を撫でた五十嵐の指にビクッと目を見開いた。

「な……に…」

「そんなに驚かなくても…これまでにも触れたことくらい、あるでしょう？　それとも、極端に敏感なのかな」

雨音が大きく身体を震わせたせいか、口づけを解いた五十嵐が不思議そうな顔で見下ろしてくる。

再び指で胸の突起を押し潰されて、雨音はビクビクと肩をすくませた。

「ぁ……、ッ……」

経験がない、と言うわけにはいかない。五十嵐は、雨音がこれまでにも幾度となくこういうことをしていると思っているはずだ。

ここで、怖いからやめてほしい…と懇願するのは、雨音の意地が許さなかった。五十嵐が雨音のことを色事に慣れていると思っているなら、とことんそう振る舞ってやる……と意地を張る自分は、姉に負けず劣らずの頑固者なのだろう。

どんな表情をしているか自分でもわからない。そんな顔を見られたくなくて、五十嵐の首に腕を巻きつけて引き寄せる。

「雨音…?」

「ん……」

自分から唇を合わせて、顔を見られないよう誤魔化した。

こうしていたら、予想外のところに触れられて漏れそうになる驚きの声も、抑えられるかもしれない。

「ン、ぁ……っっ」

執拗《しつよう》に指で弄《いじ》られているうちに、痺れるような不思議な感覚になってきた。

最初は、ただヒリヒリと痛いだけだったのに……。

これまで、ほとんど存在を意識していなかった胸の突起がそこにあることを、嫌というほど感じる。

「ぁ、あ！」

膝のあいだに割り込んできた脚が、グッと押しつけられる。下は乱されていないし、ただ五十嵐の脚がそこにあるだけなのに、異様に存在を意識した。

一度意識してしまうと、気になってたまらなくなる。

「ゃ…、直さ…ん。脚……」

五十嵐の肩を押してキスから逃《のが》れた雨音は、嫌だ…とゆるく首を振った。下手に動くと墓穴《ぼけつ》を掘りそうなので、腰から下はピクリとも動かせない。

「脚は嫌？　意外とせっかちですね……」

「え……、ぁ…！」

無表情のままつぶやいた五十嵐は、手早くジーンズのフロントを開けて手を潜り込ませてきた。

そういう意味で嫌と言ったのではない、と否定する間もなかった。ただ、初めて他人の手に触れられたことで恐慌状態に陥《おちい》り、身体を硬直させて戸惑う。

前を開けただけでは触りづらいのか、すぐに五十嵐の手が引き抜かれた。

「もう少し…脚を開いてください」

下着ごとジーンズをずり下ろされて、膝を摑んで左右に割られても、抗うことができない。

「ツ……」

奥歯を噛み締めて身体を硬くしただけで、大きな手に触れられるのを甘受《かんじゅ》した。

閉じた瞼の裏に、五十嵐の指を思い浮かべる。すらりと長くて……雨音のようなささくれがまったくない、綺麗な指。

あの指に触れられている……。

「っふ……ぁ……ぁ……！」

そこまで考えたのが伝わったようなタイミングで、長い指に締めつけられる。あまり自分でも触れることのない雨音にとって、強烈すぎる刺激だった。

一気に心拍数が上がり、喉を通る吐息が熱を帯びる。

「や…直さ…ん、それ……ッ」

五十嵐の腕を掴んで制止しようとしても、震える手に力が入らない。とんでもないことをされていると、混乱した頭で考える。

なにがどうなって、こんなことになったのか……思い出そうとしても、頭の中に霞《かすみ》がかかったようにぼやけている。

「ツ、ん……んっ」

「これ…感じますか？」

誤魔化そうとしても、触れている五十嵐には雨音の身体の変化が伝わっているだろうとわかっていて、必死で首を横に振る。

かすかに濡れた音が聞こえてくるのがたまらなくて、五十嵐の腕を摑む手にギュッと力が増した。

自分の耳を塞《ふさ》げばいいのか、五十嵐の耳を塞げばいいのか……迷うばかりで、どうすることもできない。

「強情ですね……。ここは、素直なのに」

四本の指を使って微妙な力加減で締めつけながら、親指の腹を先端部分に押しつけられる。

痛いほどの刺激に、ビクッと腿の筋肉が強張った。

「も…やだっ。ぁ、ぃ……やだ……」

自分でも腹立たしいほど弱々しい声が出て、唇を嚙み締める。震える息を吐いたはずみに、目尻から生ぬるい雫《しずく》が溢《あふ》れた。

怖い……。

自分の身体がどうなっているのか、わからない。息が苦しくて、心臓が痛いほど脈打っている。

「直…さん、直さ……ッ」

助けてくれるのは目の前にいる五十嵐だけだと、夢中で名前を口にする。

その唇が塞がれて、熱い舌に自分の舌を絡ませながら大きな背中に縋りついた。シャツ越しに感じる体温が気持ちいい。

「ン…ン…ッ、……ぁ！」

ビク…と跳ねた身体を、五十嵐に押さえつけられる。

あの、綺麗な手を汚したくない……と。なんとか耐《た》えようとしても、限界まで昂《たかぶ》った身体は言うことを聞いてくれなかった。

弾けた白濁が五十嵐の手に受け止められる。

「っ……ごめ…んなさ…い。ごめんなさ……」

詰めていた息を吐きながら謝ると、目尻にキスが落とされた。

宥めるような、触れるだけの口づけが唇に繰り返されて、少しずつ混乱していた頭が平静を取り戻す。

「バスルーム、使いますか……？」

耳元に唇をつけて問いかけられ、ぎこちなく首を振った。

「帰る…」

「……タオルを持ってきますので、少し待っていてください」

五十嵐が身体を起こすと、急に寒くなったように感じる。乱された服を直すこともできず、顔の上に腕を置いて隠した。

深く息を吸い込もうとしたら、ヒクッと横隔膜が痙攣《けいれん》した。

今更かもしれないけれど、情けない顔を五十嵐に見られたくない。……五十嵐を見たくない。

戻ってきた五十嵐が、あたたかく湿ったタオルで後始末をしてくれているあいだも、雨音は両腕で顔を隠したまま動くことができなかった。


マンションを見上げると、姉の部屋の電気は消えていた。

少なくとも、朝までは顔を合わせることはない。そのことにホッと安堵《あんど》する。

今は、姉の前でどんな顔をすればいいのかわからない。普段どおりの顔を、うまく取り繕う自信はなかった。

「……送ってくれて、ありがとう…」

五十嵐と目を合わせられないまま、ぽつんとつぶやく。

「雨音」

助手席のドアを開けようとしたところで、呼び止められた。反射的に振り向いた雨音の手に、茶色の封筒が押しつけられる。

「約束しましたから……」

ボソッとつぶやかれた五十嵐の言葉で、中身はなにか聞かなくてもわかった。

雨音の代金……だろう。

「じゃ…ありがたくいただきます。また……」

無造作にジーンズのポケットへ封筒を突っ込んだ雨音は、顔を上げられないまま無理やり笑顔をつくった。

振り向くことなく車から降りてドアを閉める。いつの間にか雨は止《や》んでいて、埃《ほこり》などの不純物が雨で流されたのか清涼な空気が全身を包んだ。

ゆっくりと発進した車が角を曲がって見えなくなってから、深くため息をついた。

重く感じる足をなんとか動かして、マンションのエントランスに入る。深夜のエントランスは人気《ひとけ》がなく、静まり返っていた。

今は誰にも逢いたくない雨音にとっては、好都合かもしれない。

エレベーターに乗り込んで自宅のある三階に上がり、扉の鍵を開ける。姉を起こさないよう、足音を忍ばせて自室に入った。

「……なにやってんだろ、おれ…」

空虚なつぶやきが唇から零れ落ちる。

足から力が抜けて部屋の真ん中に座り込む。カサッと音がして、そういえばポケットに封筒を入れていたのだと思い出して取り出した。

何気なくその封筒の口を開いて覗き込んだ雨音は、ギョッと目を瞠った。

「なんだ、これ……。五万……？」

封筒を持つ手が震えた。

これほどの価値が、自分にあるとは思えない。雨音が一方的に触れられていただけで、五十嵐には快楽を返せていないのだ。

五十嵐はなにを考えているのだろう……。

「それとも、これだけやるんだから次は好きにさせろってことかなぁ…」

笑おうとして失敗した雨音は、立てた膝のあいだに顔を伏せた。

雨音がこんなことをしたと知ったら、姉は自分のせいだと悲しむだろう。だから、絶対に知られないようにしなくてはならない。

もう、後戻りはできない。取り返しのつかないことをしてしまった……。

雨音はグッと封筒を握り締めて、小刻みに肩を震わせた。

これまでと同じような、わずかな緊張と不思議な好ましさを持って五十嵐に接することはできない。なにか大切なものを、この手で壊してしまったような気がする。

長い時間、その場から動けず……これくらいどうということはないと、自分に言い聞かせ続けた。

《五》

トクトク…と規則正しい心臓の音が聞こえる。なぜか、すごく安心する。

誰の心臓の音だろう…と思った次の瞬間。ふっと眠りから覚醒《かくせい》した雨音は、ビクッと目を見開いた。

あたたかい体温に包まれていることに気づき、慌てて身体を離す。

「あ……おれ、寝てた…? 今、何時……」

ベッドに上半身を起こして、雨音を抱き込んでいた五十嵐におずおずと尋ねた。

ベッドサイドにある淡いランプの光が、五十嵐の印象的な切れ長の瞳を照らし出している。雨音と一緒に眠っていたのか、とろりとした気だるそうな目をしていた。

いつもシャンと背筋を伸ばした五十嵐しか知らなかった雨音は、その無防備な表情にうろたえてぎこちなく視線を逸らした。

「二時…半になったところですね。ずいぶんと気持ちよさそうに寝ていたので、起こせませんでした」

ゆっくりとした動きで枕元に置いてあった携帯電話を摑んだ五十嵐が、少しかすれた声でそう囁く。

身体をよじったことで前ボタンの外されたシャツのあいだから素肌が覗き、この胸元に寄り添っていたのかと気づいた雨音の心臓が、トクトク鼓動を速めた。

どうやら雨音は、五十嵐のベッドで二時間あまりも寝ていたらしい。

ずっと心地いい体温を感じていたということは、五十嵐に抱きついて眠っていたのかもしれない。

「ごめんなさい。起こしてくれてよかったのに……」

不覚だ。五十嵐の部屋に入ったのはこれで三度目だが、無様に寝こけてしまったのは初めてで……恥ずかしい。

服を探して視線を泳がせていると、ベッドに横たわったままの五十嵐に強く腕を引かれた。シャツをはだけた五十嵐の胸元と、服を着ていない雨音の胸元が密着する。

「明日は…日曜だ。お店は定休日でしょう？　朝までゆっくりしていたらいい。明日の朝…私が出勤するついでに送りますよ」

触れ合う素肌の感触に、散々恥ずかしい姿を見せているのだから今更だとわかっていながら、頰が熱くなった。

「でも…、んっ」

反論しようとしたところで、後頭部を引き寄せられて唇が重なってくる。

五十嵐のキス…息を継ぐタイミングや絡みついてくる舌の熱さにも、慣れてしまった。粗野な雰囲気は微塵もなく、やんわりと雨音を高めようとする。

大切にされていると錯覚してしまいそうなほど、優しい……。

「ぁ、…直さん……、やっぱり、おれ…帰んなきゃ」

五十嵐の肩に手をかけて、身体を離した。

心地いい体温に甘えてしまいたくなりそうで、長い時間ここにいるのは危険だ。それに、姉を一人きりにするのも不安だった。

「……わかりました。送ります」

ふっ…と小さく嘆息した五十嵐が、ベッドから身体を起こした。乱れたシャツの胸元から目を逸らした雨音は、慌てて首を左右に振る。

「おれ、歩いて帰るから…っ。たぶん、三十分くらいで帰れる…し」

ここと雨音たちの住むマンションは、それほど離れていないのだ。早足で歩けば、もっと短い時間で帰り着くだろう。

出勤するついでに送ってくれると言っていたので、明日も朝から病院へ行かなければならないのだろう。雨音が振り回すのは忍びない。

「なにを言っているんです。こんな夜中に、一人で歩かせるわけにはいきません。子供は遠慮しなくていい」

ぐしゃぐしゃと雨音の髪を乱した五十嵐は、迷う素振りも見せずにベッドから下りた。手早く寝乱れていた服を直して、「君の服を取ってきます」と寝室を出て行く。

そういえば、リビングで脱がされてここに運ばれたのだった。探しても見当たらないのは、当然だ。

「子供……か」

ベッドの上で膝を抱えて座り込んだ雨音は、五十嵐の言葉を小さく復唱した。

聞いたところ、五十嵐は三十三歳だ。一回り以上違う。それでは、雨音が子供に見えても仕方がないだろう。

だから……触れる以上のことをしてこないのだろうか。

雨音は無意識に自分の唇へ指を押し当てながら、五十嵐のキスを思い出す。

優しく触れたかと思えば、口腔の粘膜を探る舌は少し強引で……雨音が息苦しさに涙ぐむまで解放してくれないこともある。

でも、身体に這《は》わされる手はいつもあたたかくて気持ちいい。羞恥に泣きそうになっても、不快や苦痛を感じたことは一度もない。

買われる形になっている雨音は、どんな扱いをされても文句を言えないはずなのに、五十嵐が自らの欲望を押しつけてくることはなかった。

いつも一方的に雨音の身体に触れ、追い上げて……終わらせてしまう。五十嵐は、ネクタイを解いてシャツのボタンを外すくらいで、雨音になにを求めるでもない。これでは楽しくもなんともないだろう。

五十嵐がなにを考えているのか、本気でわからない。

「…ヤラないの？　なんて、聞けないしなぁ…」

実践したことはなくても、同性間の行為がどういうものかくらいは雨音も知っている。初めの一回は様子見で、次こそは逃げられないだろう…と覚悟していたのに、二度も空回りしている状態だ。

「雨音、これを…」

「あ、ありがと……」

雨音の服を持った五十嵐が寝室に戻ってきたことで、思考を中断させた。

どちらにしても、雨音は意見できる立場にない。五十嵐のすることを、黙って受け入れるのみだ。

もたもたとシャツのボタンを留めていると、ベッドサイドに立っている五十嵐の手が伸びてきて、思わず肩をすくませた。

「顔色がよくない。疲れているんじゃないですか？」

手早くボタンを留めた五十嵐が、雨音の頬に触れてくる。寝乱れているだろう髪を撫でつけられて、グッと奥歯を噛んだ。

あまり、優しくしないでほしい。誰かに縋りたくなる、弱い自分に気づきたくない。

「平気…。おれ、体力には自信があるから」

さり気なく五十嵐の手を振り払って、笑いながら顔を上げた。無表情で雨音を見下ろしている五十嵐と目が合う。

「……若いからといって、体力を過信しないほうがいいですよ」

子供にするようにセーターを頭からかぶせられて、小さくうなずく。もそもそとセーターに腕を通してベッドから下りた。

車のキーを持った五十嵐の後を、無言でついていく。深夜のマンションは廊下も地下の駐車場も静まり返っていて、二人の足音だけが響いていた。

車の中でも無言だったけれど、不思議と息が詰まるような感じはしない。

よく考えれば、最初からそうだった。五十嵐は口数が少なくて無愛想で……でも、どこかホッとする空気を纏っている。

「また、連絡します」

「……ん」

雨音の住むマンション前に停まった車の中で、短い会話を交わす。無言で差し出された封筒を受け取り、無理やり笑ってみせた。

「ありがと。さすが、高給取り」

「ゆっくりと休むんですよ」

わざと皮肉の滲む言葉を口にした雨音に、五十嵐は不快な表情を浮かべるでもなく、そっと腕を伸ばして髪に触れてきた。

その手を振り切るように、助手席のドアを開けて車から出る。雨音が車から離れると、紺色の車は静かに動き出した。

「……優しくするな、って」

雨音は本人には言えない言葉をぽつんとつぶやいて、マンションを見上げた。

……真夜中なのに、姉の部屋に電気が点いている。

もしかして、具合が悪いのだろうかと焦り、マンションのエントランスホールへ駆け込んだ。


音が響きやすい深夜なので、できる限り静かに玄関の扉を開閉する。蹴るように靴を脱いで廊下に上がると、姉の部屋の前に立った。

一応ドアをノックしようとした雨音は、室内から漏れ聞こえてきた声にビクッと手を止めた。

「…何回も言ったでしょ。もうダメだって……」

玄関に見慣れない靴もなかったし、誰かがいる気配はない。

電話だろうか。……こんな時間に？

立ち聞きなどしてはいけないとわかっているけれど、息を殺して立ち尽くしてしまう。

「ごめん…限界。別れたほうがいい……」

耳の奥で、トクトクと忙《せわ》しなく脈打つ心臓の音が聞こえる。憤りを抑え込むために、震える両手を強く握り締めた。

電話の相手は、お腹の子供の父親……だろうか。そうとしか思えない。

名前を呼んでくれたら、相手の見当がつく。呼んでくれないかと待っていたけれど、姉は黙り込んでしまった。

長い沈黙の後、もう一度小さな声で「ごめんね」というつぶやきが聞こえ、押し殺した嗚咽に変わった。

それまでは毅然《きぜん》とした声で話していたのだから、電話を切ったのだろう。

そろりと姉の部屋の前から離れた雨音は、音を立てないように自室に戻る。グルリと部屋を見渡して、ベッドの上にあるクッションを殴りつけた。殴っても音が出ないものを、他に見つけられなかったのだ。

「つくしょ……ッ」

どこの誰かわからないけれど、姉を泣かせる男が許せない。

それ以上に、なにもできない自分がもどかしい。その無力感に対する八つ当たりも込めて、拳を震わせる。

「ッ……！　誰だよっっ！」

顔も知らない男を思い浮かべて、何度もクッションに拳を叩きつけた。強く噛み締めた唇から、血の味がする。

悔しくて、悔しくて…息が苦しい。

「つふ……、ッ…くそっ」

雨音は力いっぱいクッションを摑むと、顔を埋めて激情を堪《こら》えた。

姉の部屋に乱入して、相手は誰だと問い詰めたくなるのを必死で我慢する。そんなことをしても、きっと姉は答えてくれないだろう。

どこにも怒りを持っていくことができず、クッションに顔を押しつけたままギリギリと奥歯を噛み締めた。

□□□

悔しさのあまり、ほとんど眠れないまま朝が来た。日曜なので『たんぽぽ』は定休日だが、今日は一日だ。

高坂氏の家を訪ねる日だけど……姉と打ち合わせをしていない。

物音はしないけれど、いつもなら起きている時間だ。でも、姉の部屋を覗きに行くことができない。

どうするか迷いながらキッチンでコーヒーを淹《い》れていると、姉が姿を現した。泣いたと一目でわかる顔に気づいていないふりをして、声をかける。

「おはよ、姉ちゃん。ホットミルク？　ココア……？」

「おはよう…寝坊しちゃった」

冷蔵庫から牛乳パックを取り出した雨音は、姉のマグカップを手に取った。明らかに無理しているとわかる笑顔を、見ていたくない。

「……ホットミルクがいいな」

「ん。パンは玄米ロールでいい？　軽く朝ご飯作るから、あっちで座ってなよ」

姉にリビングのソファを指して座ってろと言うと、玄米のロールパンをオーブンに並べる。あとは、温野菜のサラダとゆで卵でいいだろう。デザートは、フルーツソースをかけたヨーグルト。

両親がいた頃は、料理をしようなどと考えたこともなかった。今こうして、キッチンで動くことが苦ではないことが不思議だ。

「はい。食べられるだけでいいから、お腹に入れて」

「ありがとう、雨音くん」

リビングのテーブルに皿を並べると、姉の向かいに腰を下ろした。ぼんやりとしている姉に気づかないふりをして、いただきますと手を合わせる。

互いに視線を合わせないようにしているけれど、二人とも寝不足な目をしているだろう。

「雨音くん…今日だけど、高坂さんのところ……一人で行ってもらってもいい？」

ゆで卵に塩を振りかけながら、姉が口を開いた。

どう見ても外出できる感じではないので、「もちろん」とうなずきを返す。姉に言われなくても、今日は一人で訪ねようと思っていた。

「ごめん…お願いね」

「大丈夫。姉ちゃんはゆっくりしてなよ。お土産に『ノエル』のレモンタルト買ってくるからさ。あと、レアチーズケーキも」

寝不足のせいか、胃がシクシクと痛みを訴えていたけれど、無理やり朝食を詰め込んだ。ずっと顔を伏せていた姉は、明るく笑う雨音が空元気を装っているとは気づかなかっただろう。……それでいい。

「これ、サンドイッチにして冷蔵庫に入れておくから…食べられそうな時に、食べて」

姉がほとんど手をつけなかったパンと野菜で、サンドイッチを作っておくと言った雨音に小さくうなずいた姉は、とぼとぼと自室へ戻っていった。

雨音が出て行ったら、また泣くのだろうか。

一人にするのは気がかりだが、きっと雨音はいないほうがいいだろう。一人なら、無理に笑う必要もない。

雨音はため息を呑み込んで、片づけのためにキッチンへ向かった。


日曜日が定休なのは、『たんぽぽ』のみだ。両隣の『ノエル』と『SUN』は、従業員が交代で休みを取っているので無休で店を開けている。

「おはよーございます」

「おはよう、雨音くん。今日は一人？」

ガラス扉を開けて『SUN』に顔を覗かせると、店主の奥さんである女性が笑いかけてきた。いつもスッキリと歯切れのいい話し方をする彼女は、母親より少し若い世代だと思うが、化粧気がないのとスレンダーな体型なので、年齢不詳の雰囲気だ。

毎月一日の恒例行事はいつも姉が一緒なので、雨音だけが現れたことが不思議なのだろう。

「今日は姉ちゃん、具合が悪くて寝てるんです。えーと…いつものように、お願いします」

毎回、お任せで花束を作ってもらっているのだ。

その日店にある季節の花と、ポピュラーな菊やユリを組み合わせて、見栄えのいいものを用意してくれる。

「はいはい。三千円くらいの…ね」

奥さんは、仏花……とは口にせず大きくうなずいた。青山と同じように、このフラワーショップの経営者夫婦も矢吹家の事情を知っているので、気が楽だ。

花束ができるまで手持ち無沙汰な雨音は、店内に並べられたバケツに生けてある様々な花を見て回った。

もともと草花に興味のない雨音には花の種類などはわからないけれど、優しい色彩を眺めていると心が穏やかになるような気がする。

花に癒《いや》しの効果がある、というのは間違いではないだろう。

「あ、おはようございます先生」

扉が開く音と奥さんの声に、雨音は何気なく入り口のほうを振り向いて……硬直した。よく似た背格好の男は他にもいるだろうと思ったけれど、忙《せわ》しなく瞬きをして見間違いではないと悟った途端、心臓の鼓動が落ち着きのないものになる。

どうして五十嵐が……ここに。

また今度…と別れて、半日も経っていない。夜の記憶が、まだ生々しく身体のあちこちに残っているみたいで…気まずい。

五十嵐に対してやましいことをしているわけではないのだから、隠れる必要はないとわかっていても、思わず大きな観葉植物の陰に身を隠してしまう。

「店長！　五十嵐先生よー！」

奥さんが店の奥に向かって旦那である店長に呼びかけると、大柄な男が出てきた。四十代半ばくらいの店長は、いつも穏やかな空気を纏っている。雨音は、この人は間違いなく、奥さんの尻に敷かれているだろうな……と、密かに予想している。

店長は観葉植物の陰にいる雨音に気づき、少しだけ不思議そうな表情で笑いかけて五十嵐に話しかける。

「おはようございます、先生。コスモスがたくさんあるので、これでいいですか。あと、ススキが少しあるので。……香りの強いものはダメですかね」

「ああ…綺麗ですね。そちらをいただきます。あまり香りのあるものは…すみません」

「はい。じゃあ…これで。いつもありがとうございます」

ガサガサと紙やセロファンの音がする。

一度隠れてしまったせいで今更出て行くわけにもいかず、雨音は観葉植物の葉のあいだから覗き見た。

店長が大量のコスモスとススキを花束にして、五十嵐に手渡している。ただ、新聞やセロファンで巻いただけで……綺麗なラッピングではないのが不思議だ。

「ありがとうございました！　……雨音くん、できたわよ」

扉を出て行った五十嵐を見送った奥さんが、ぐるりと店内を見渡して雨音の名前を呼ぶ。

雨音は五十嵐の姿が完全に見えなくなったことを確認して、そっと観葉植物の陰から出た。

「これでいいかな。小菊、オマケしておいたから」

「ありがとうございます」

ポケットから財布を取り出して代金を手渡した雨音は、チラリと出入り口のガラス扉を振り向いた。

あまり好奇心を剝《む》き出しにするのもどうかと思うが、気になる……。

「……さっきの人…先生って、そこの病院の先生だよね。うちにも、来てくれている人だと思うけど…」

おしゃべり好きな彼女は、「そうよー」と笑いながらうなずいた。落ち着かない雨音の態度に気づかないのか、深く突っ込むことなく話し始める。

「私も最初は不思議だったのよ。毎週日曜の朝に、大量に花を買って…それも、包装はいりません、なんて言うから。で、こっそりと看護師の女の子に聞いたら、お見舞いの人が来ないお年寄りの部屋に匿名で配ってあげてください…ってナースステーションに預けていくんだってさ。無愛想に見えて、優しい照れ屋さんみたいだねー」

「……いい人…ですね」

あははは…と笑い声を上げた奥さんに、雨音も曖昧な笑みを返した。

日曜日は『たんぽぽ』が定休日なので、五十嵐を見かけることもなく……そんなことをしていたなんて知らなかった。

最初は、無愛想で無表情で……こんな人間が、医者という人と接する仕事をうまくやっていけているのかと、余計な心配をしていた。でも、病院の職員さんたちに対する人当たりは悪くなさそうで、拍子抜けした。

そうかと思えば、既婚者のクセに一回り以上年下で同性の雨音を愛人にしてみたりする。

怖いのか、人がいいのか、横暴なのか。

五十嵐のイメージはどんどん変わり、定まらなくて……雨音は戸惑うばかりだ。

「……もう行かなくちゃ。ありがとうございました」

ふと壁にかかった時計を見上げた雨音は、包装された花束を抱えてぺこりと頭を下げた。

約束しているわけではないが、毎回昼前には高坂氏のお宅を訪れている。今日はいつもより少し遅くなりそうだ。

「こちらこそ、いつもありがとう。あ、風歌ちゃんに、クリスマスローズの苗が入ったからいつでも取りに来て、って伝言しておいて」

「はい」

奥さんとは対照的に、無口な店長にも頭を下げて『SUN』を出た。

空は晴天が広がっていて、十一月という暦の割にあたたかな陽射しが降り注いでいる。

花束を抱え直した雨音は、早足でシャッターの下りた『たんぽぽ』の前を通り過ぎて駅へ向かった。


高坂という表札の脇にあるインターホンを押す瞬間は、いつも緊張に包まれる。

応答を待っていると、ぶっきらぼうな男の声が『どちらさま』と応えた。平日には顔を合わせることのない、高坂氏の息子だろう。

「あの……矢吹です」

『ああ…今、開ける』

ここの息子と顔を合わせたのは、片手でも余る回数だ。

あれは…事故から一カ月も経たない頃だったか。謝罪に訪れた際、大声で雨音と姉を詰《なじ》る母親を冷静に宥めていたのを覚えている。

奥さんのほうとは、何度も顔を合わせているので幾分慣れた雰囲気になったが、息子がどんな顔で雨音を見るか……と思えば、普段より遥かに緊張する。

「……母は、外出していまして」

玄関のドアが開き、長身の男が姿を現した。年齢までは覚えていないが、雨音とさほど変わらない歳だろう。

感情の窺えない目で雨音を見ている。歓迎されないのはわかっていたので、冷たい目から視線を逸らして口を開いた。

「でしたら、お花と…お線香だけ上げさせてください」

花束を押しつけて帰ってしまいたい…と思ったけれど、姉に頼まれているのだ。黙っていたらわからないだろうが、役目を投げ出すのは良心が咎める。

「……どうぞ」

追い返されなかったことに安堵して、お邪魔しますと頭を下げた。

何度も訪れているお宅なので、迷うことなく案内された仏壇の前に座り、ロウソクと線香に火をつける。

そっと両手を合わせて、数えきれないほど繰り返した「ごめんなさい」を心の中でつぶやいた。

「……コーヒーでも淹れようか」

「あ、いいえ。すぐ帰りますから」

背中にかけられた言葉に、ビクッと肩を揺らして振り向いた。

それ以上の会話が続かないのは、馴染みのない人ということもあるし、男二人というせいもあるだろう。
どうにも気詰まりだ。

「お邪魔しました。……よろしくお伝えください」

早く帰りたい…と思った雨音は、そそくさと座布団から腰を上げた。玄関にしゃがみ込み、靴紐を結んでいると頭上から男の声が降ってくる。

「……姉貴がいたんじゃないのか？　嫌な役目を弟に押しつけているのか」

棘《とげ》のある言葉にムカッと一瞬で頭に血が上り、勢いよく頭上を振り仰ぐ。男は壁にもたれかかり、腕組みをして雨音を見下ろしていた。

今では唯一の家族である姉のことを悪く言われると、自分でも不思議なほど狭量になるという自覚がある。

「姉は、具合が悪くて…寝込んでいるんですっ。いつもは一緒にお邪魔していますよ」

「へぇ……」

男は、睨みつけた雨音にどうでもよさそうにつぶやいて、目を細めた。

嫌なヤツ。……そう思ったけれど、加害者の身内に対する被害者側の態度としては理性的なほうだろうと、思い直す。

「失礼します！」

雨音は男の顔を見ないようにして勢いよく腰を折り、玄関を出た。

なんとも表現できない気分の悪さが、胸の中に残っていた。

□□□

約束していたレモンタルトとレアチーズケーキをお土産に購入するため、帰宅途中に『ノエル』へ寄る。

ケーキなどの嗜好品《しこうひん》は値段が高いので、普段は青山にもらうだけで購入することは滅多にないが、今日は落ち込んでいた姉のために特別だ。

「あれ、雨音」

自動ドアをくぐると、珍しく青山が販売のためにカウンターへ入っていた。バイトの女の子の姿が見えないので、今日は人手が足りないのかもしれない。

「あれ…じゃなくて、いらっしゃいませって言ってよ。今日のおれは、お客さん」

気安く言葉を交わすことのできる青山の顔を見ると、胸のムカつきが少しだけ治まったような気がする。

認めるのは癪《しゃく》だが、やはり雨音にとって兄のような存在なのだろう。ここまで遠慮なく言葉を交わせるのは、青山だけかもしれない。

「はは…悪い。いらっしゃいませ」

雨音の生意気な言葉に素直に従った青山は、トレイを手に持ってなににすると尋ねてきた。

「レモンタルトとレアチーズケーキ。以上」

「レモンタルト…と、レアチーズね。一個ずつ？　……オマケは、エクレアとシュークリームのどっちがいい？」

トレイの上に雨音が言ったケーキを載せた青山は、声を潜ませて尋ねてきた。

オマケというには豪勢な選択肢に、いいのか…？　と顔を上げる。

「いいの……？」

「どっちも、シュー生地が破れたりして売り物にできないものだからさ。ついでに、賞味期限が昨日のクッキーも持っていきな」

どっちがいいのか雨音に尋ねたくせに、青山はケーキボックスにシュークリームとエクレアの両方を収めている。

ついでに、と言いながらクッキーを紙袋に入れてくれて、喜びより恐縮が勝った。これでは、正規に買うものよりもらうもののほうが高価になってしまう。

「そんなにもらっても大丈夫？」

ガラスケース越しに青山を見上げる。

他のお客さんが来る前に…と思ったのか、手早くケーキボックスを持ち手のついた紙袋に入れた青山は、レジを叩きながら笑みを浮かべた。

「だから、どっちにしても売り物にできないんだって。ダメにするの、もったいないだろ。バイトの女の子にあげてもいいけど、最近太ったのは俺のせいだって恨まれてねぇ。……ありがとうって笑えよ」

「……ありがと」

そう言ってくれるなら甘えてしまえと、求められるまま笑顔を向けた。

「よしよし、可愛いじゃないか。じゃ、レモンタルトが三百八十円で、レアチーズが三百五十円だから…七百三十円ね」

千円札を渡してお釣りを受け取った雨音は、ズッシリと重い紙袋を手にしてもう一度お礼を口にした。

お礼というにはささやかなことだが、明日の昼食を豪勢なものにしてあげよう。

「じゃね、青山さん」

手を振って『ノエル』を出ると、姉の待つマンションへ急いで帰る。

あまり落ち込んでいたら、身体によくない。

姉のお気に入りのダージリンを淹れて、ケーキを食べてもらおう。好きなものを口にしたら気分が浮上する……のは、根が単純な雨音だけかもしれないけれど。

息を切らせてマンションの廊下を歩き、部屋の鍵を開ける。リビングへ駆け込むと、ソファに座っていた姉がビクッと顔を上げた。

「あ…雨音くん、お帰りなさい」

「ただいま。……ケーキ買ってきたから、お茶淹れるね。青山さんが、たくさんオマケしてくれたんだよ」

両手で包み込むようにして持っている、携帯電話。……それに、見間違えようもないほど赤くなった目。また、泣いていたのかもしれない。

それらに気づかなかったふりをして、キッチンへ足を運んだ。

自分では、姉の支えになれないのか……。弟ではなく、兄だったらもう少し頼ってくれただろうか。

…考えても仕方のないことを止めどなく考えながら、ケトルをガスコンロにかけた。

《六》

携帯電話で時間を確認すると、ここに来て十分近くが経っている。足元のアスファルトからは冷気が立ち上ってきて、無意識に足踏みをした。

ふ…と吐いた息が白い。

電話をしても、病院の中にいるのだから出られないだろうな…と思った時、通用口から白衣を纏った人影が向かってくるのに気がついた。

近づくにつれ、ぼんやりとしていた白い影の輪郭がハッキリとしてくる。

「すみません。お待たせしましたか？」

いつも落ち着いた五十嵐にしては、珍しく慌てた雰囲気だ。待ち合わせの時間を十五分ほど過ぎていることを、気に病んでいるのだろう。

「そんなには……」

「寒かったでしょう。とりあえず、乗ってください」

ロックを解除した五十嵐に促《うなが》されて、助手席のドアを開けた。

運転席に乗り込んだ五十嵐は、一番に左手の薬指にある銀色の指輪を外す。無造作に灰皿へ落とすと、カツンと小さな音が静かな車内に響いた。

機械的な動きは、もう習慣になっているのかもしれない。

灰皿を閉めて銀色の指輪が視界から消えたのを確認してから、

「直さん、これ」

用意してあった弁当の容器を渡すと、五十嵐がわずかに唇をほころばせた。

ハッキリとは見えないけれど、駐車場に設置された水銀灯の光がかすかに差し込むので、かろうじて見取ることができる。

「無理を言ってすみません。君の店の弁当を食べていたら、コンビニの弁当や宅配のものが味気なく感じるんですよね……」

今夜は当直で病院に詰めるという五十嵐に、余り物でいいから弁当を用意してくれないかと頼まれたのだ。

嫌とは言えず、『たんぽぽ』を閉めた後、雨音は弁当を用意して待ち合わせた駐車場へ来た。

「じゃあ…」

用は終わったと思い車を降りようとしたら、腕を摑んで止められた。

「急ぐ用事があるんですか？」

「別に…用事はないけど」

姉には、先に帰るように言ってある。五十嵐に弁当を届けたら、一度店へ戻って明日の仕込みをしておこうと思っていたくらいだ。

「それなら、少しつき合ってください。そこの自動販売機でお茶を買ってきますが、雨音はなにがいい?」

駐車場の隅にある自動販売機を目で指して、尋ねられる。五十嵐を使い走りにさせるわけにはいかず、雨音は車のドアを開けながら口を開いた。

「おれが、買ってきます。お茶…って、緑茶でいい?」

「お願いします。……これで」

差し出された五百円玉を受け取り、小走りで自動販売機に向かった。

缶のものとペットボトル、どちらがいいのか迷い……少ないよりは多いほうがいいかと、ペットボトルの緑茶を選ぶ。

「あ、失敗…かな」

受け取り口に落ちたペットボトルを取り出した後で、あたたかいものを買えばよかったかと気がついた。弁当は店を出る直前にあたため直したけれど、この時期だと飲み物はホットのほうがいいだろう。

どちらがいいかは五十嵐に選んでもらうことにして、キャップがオレンジ色のあたたかいお茶のペットボトルをもう一つ買うと車へ戻った。

「お茶…こっちは冷たいので、こっちはあたたかいけど、どっちがいい？」

雨音が両手に持って差し出したペットボトルにチラリと視線を落とし、五十嵐の手は冷たいほうを受け取った。

「……では、冷たいほうをいただきます。雨音はあたたかいものを飲んでください」

ここで夕食を済ませるつもりらしく、ペットボトルを車のドリンクホルダーに置いた五十嵐は、膝の上で弁当のパックを開ける。

自分が作ったものを目の前で食べられるのは、妙に気恥ずかしい。

雨音は窓の外に視線を逸らして、お茶を口に含んだ。

あたたかいお茶が、じんわりと身体に染み渡るみたいだ。自分で思っていたよりも、身体が冷えていたのかもしれない。

もしかして、五十嵐はそれがわかっていて雨音に「あたたかいほうを飲め」と言ってくれたのだろうか…。

「いただきます」

行儀よく挨拶をして、割り箸を割る音が聞こえてきた。

おかずは残っていたものが中心だけれど、それだけでは味気ないと思い、簡単にオムレツを作った。具は、きんぴらごぼうを刻んだものだ。

黙々と食べていた五十嵐が、ボソッと話しかけてくる。

「このオムレツは…君が？」

「そう……口に合わない？」

おいしくないのだろうかと、不安を滲ませた声で聞きながら五十嵐を振り返る。

目が合った五十嵐は、これまでになく優しい表情で笑った。

「いえ、すごくおいしいので驚きました。店のメニューにはないものですね。もう一度食べたいと思っても、食べられないのが残念です」

「……直さん、卵が好きだと思ったから…。それくらい、いつでも作るよ」

面と向かって褒められたせいで、照れ隠しにぶっきらぼうな言い方になってしまう。

頬が熱い。

「それは嬉しいですね。君の作った卵料理が一番好きですよ」

穏やかな声で手放しに褒められて、どんどん顔が火照ってくる。

普段から口数が多くて軽く褒めてくる人に同じことを言われても、きっとこれほど照れ臭くはならないだろう。

「お、おれが作ったのか姉ちゃんが作ったのかなんて、わからないんじゃない？」

「わかりますよ。カウンターから厨房の様子が見えるじゃないですか。もちろん、お姉さんが作られたものもおいしいですけど」

「そ……そう、ですか」

無意味な相槌《あいづち》を打って、顔を窓のほうへ背ける。恥ずかしさのあまり、車から逃げ出したくなってしまった。

雨音が黙り込んでしまったせいか、五十嵐は黙々と弁当を食べて「ご馳走様でした」と丁寧な挨拶を口にする。

いつまで、ここにいるのだろう。病院に戻らなくても大丈夫なのだろうか。

手持ち無沙汰な雨音は、窓の外を睨むように見据えながら、五十嵐がなにか言ってくれるのを待った。

「……ぁ」

不意に五十嵐の左腕に頭を抱き寄せられて、ビクッと肩を強張らせた。

顔を上げられないまま、どうするつもりなのか……五十嵐の様子を窺う。

「雨音は…少し頑張りすぎですね。このところ、ずっと疲れた顔をしている。お姉さん思いなのはわかりますが、もっと自分も大切にしてあげてください」

大きな手で髪を撫でながらそんなことを言われ、強く奥歯を噛み締めた。

傍《はた》から見て、自分はそれほど余裕がない雰囲気なのだろうか。

姉を支えられるよう、しっかりとした人間になりたいと思っているのは事実だが、『頑張っている』ように見えるのなら……失敗だ。

「おれ…そんなに必死に見えますか。無理しているみたいに……」

硬い声でつぶやくと、五十嵐の手が軽く頭を叩いてきた。力は入っておらず、雨音の注意を引くための仕草かもしれない。

「そうじゃなくて…私が君を心配しているだけです。意地っ張りだな…とは思いますが、少し気を抜くことも覚えたほうがいい」

両腕で抱き寄せられ、五十嵐の肩に頭を預ける形になる。白衣からは、かすかに消毒薬の匂いがした。

弱いところなど、誰にも見せるものか……と思っていた雨音だが、長い腕に抱き締められているうちに少しずつ身体から力が抜けていった。

五十嵐は余計なことを聞いてこないし、必要最低限のことしかしゃべろうとしないけれど、きっと姉が一人で子供を産んで育てる決意をしたとわかっているのだろう。雨音が、全面的にサポートしようとしていることも。

一言も口には出さないけれど、雨音が、本当にやっていけるのだろうか……という不安と心細さを心の奥底で抱えていることまで、見透かされているのかもしれない。

身体をもたせかけそうになった雨音は、膝の上で強く拳を握って己を制した。

ダメだ。こんなふうに、五十嵐に甘えたらいけない……。この人は、雨音が甘えていい存在ではない。

「……ッ、直さん。おれ、そろそろ…店に戻って、明日の仕込みするから。ゴミ、持って行くから出して」

顔を上げられなくて、うつむいたまま持ち手の括《くく》られたビニール袋に手を伸ばした。揺れそうになった心を誤魔化すように、早口になってしまう。

「ああ…でしたら、これを」

あらかじめ用意してあったのか、白衣のポケットから茶封筒を取り出した五十嵐にじわっと目を瞠った。

「な…んで？　だって、なにも……」

していないのに、とは口に出せず語尾を濁す。

ぼんやりとした光に照らされた五十嵐を見上げると、無表情のまま当たり前のように言った。

「ですが、君の時間をもらいましたので。受け取ってください」

「ダメだよ。それは…もらえない」

いくらなんでも、車の中で二十分ほど話をしただけでもらえるものではない。夕食の弁当も、店の残り物を詰め合わせたものなのだ。

頑《かたく》なに首を振っていると、五十嵐の両手が雨音の頰を包んだ。

「では、キスを……」

ぼんやりとした薄闇の中、端整な顔が近づいてくる。雨音が拒めるわけもなく、瞼を伏せて五十嵐の唇が重なってくるのを待った。

ゆっくりと唇が触れ、その優しい感触に睫毛が震える……。

「ん……」

うなじをあたたかな手のひらで引き寄せられて、誘うように唇を舐めてきた舌に応える。

ここは、五十嵐が勤務する病院の駐車場で、通りかかった誰かに見られてしまうかもしれない……。

チラリと考えたことは、熱い舌に絡めとられて一瞬で霧散する。

「ぁ……ッ、ぅ……ン！」

逃げられないよう雨音の頭を抱え込むようにしながら、五十嵐の舌が口腔の粘膜を舐め回す。

ゾクゾクとひっきりなしに背筋が震え、縋るものを求めて五十嵐が身に纏っている白衣を握り締めた。

パッと見が無愛想で無口なせいか、冷淡な印象を受けるのに……五十嵐のキスは熱っぽく雨音を翻弄《ほんろう》する。

雨音は五十嵐以外のキスを知らないので、技巧的なものは比べようがないけれど、かなりの場数をこなしているのだろうとは想像がつく。

それ以前に、既婚者なのだから……。

「っ、っ……んんっ」

この腕は誰かのものだと、今更なことに気づいた瞬間。雨音は五十嵐の肩を押し戻して、キスから逃れた。

「雨音……？」

訝《いぶか》しむ声で名前を呼ばれても、雨音が返せる言葉はなにもない。

五十嵐の視線から顔を隠すように、厚みのある肩に手を置いたままうなだれた。

「あ…の、直さん……おれ、がしようか」

肩に置いてあった左手を、シートに腰かけた五十嵐の膝に乗せる。予想外の行動だったのか、手の下でビクッと足の筋肉が強張った。

「君はそんなことをしなくてもいい」

即座に、感情の窺えない低い声で拒絶される。大きな手に手首を摑まれて、膝から離された。

いつもそうだ。五十嵐が雨音に触れるだけで、雨音に奉仕を求めたことは一度もない。

雨音に触れられたくない理由があるのだろうか……。

男に触ることはできても、触られるのは嫌なのか？　キスは平気でも……？

五十嵐の中でそれらはどんな基準なのか、複雑すぎてワケがわからない。

「直さん、おれにされたくない……？」

「そうじゃない。私が、個人的に…少し抵抗があるだけです」

その瞬間の衝撃は、呼吸を忘れるほどのものだった。「抵抗がある」という低い声が、エコーがかかっているように頭の中で響いた。

大きな手に握られたままの左手が、抑えようもなく震える。自分がなにを言い出すかわからないので、言葉を発することもできない。

「雨音……、なんだ？」

五十嵐が雨音の名前を呼びかけたと同時に、ピピピ…という電子音が車内に響いた。白衣のポケットから院内用というシールの張られた携帯電話を取り出した五十嵐は、液晶画面を見て大きくため息をつく。

「残念ながら、時間切れのようです。お弁当、ご馳走様でした」

雨音の左手首を離して、落ち着いた声で話しかけてくる。自分の一言に、雨音がどれほど衝撃を受けたのか…わかっていないのだろう。

雨音は勝手に傷つくのが悪いと自分に言い聞かせ、弁当の空容器が入っているビニール袋を摑んだ。

まずい。このまま五十嵐の近くにいたら、感情が溢れ出してしまいそうだ。

「いいえ…。じゃ、おれ……行くね」

車のドアを開けて飛び出そうとしたところで、腕を摑まれた。勢いよく振り向くと、二つに折った茶封筒を握らされる。

「忘れ物です。……また連絡します」

封筒を握り締めた雨音は、無言でうなずいて五十嵐の車から出た。

きつく唇を噛み締めて競歩のようなスピードで駐車場を横切り、点滅している青信号を強引に渡る。一度立ち止まると、動けなくなってしまいそうだった。

「……？」

信号を渡りきったところで、鍵を閉めただけでシャッターを下ろしていない『たんぽぽ』の前に人影があるのに気づき、足を止めた。

「……青山さん」

ガラス扉に、もたれかかった状態で立っているのが青山だと気づき、不審人物かと身構えかけた肩から力を抜く。

「シャッター下りていないから、戻ってくると思ってた。……どうかしたのか？」

握り締めていた茶封筒を、さり気なくジーンズのポケットにねじ込んだ雨音は、顔を覗き込まれてぎこちなく目を逸らした。

自分でも、どんな顔をしているのかわからない。

「なにが……？　青山さんこそ、こんなところでなにやってんだよ。不審人物かと思ったじゃんか」

「俺は、これを渡そうと思って…。チョコのクッキー、好きだって言ってたろ？」

ハイと紙袋を差し出されて、反射的に受け取った。

ずっしりと重い…。

「青山さん、おれ……施《ほどこ》してやろうと思うほど、カワイソウ？」

「はぁっ!?　なに言ってんだ、おまえ」

ぽつんとつぶやいた雨音の言葉に、青山は素《す》っ頓狂《とんきょう》な声を上げた。その驚き方は、考えてもいなかった…と態度で語っている。

「誰かになにか、言われたのか？　俺は、おまえがお菓子を食って幸せそうに笑うのを見るのが好きなだけだよ。それに、どうせ廃棄しなければいけないものだから食ってくれたほうが嬉しいし。どこから施しなんて言葉が出るんだ？」

乱暴に髪を撫で回された雨音は、カーッと首から上が熱くなるのを感じた。

とんでもなく恥ずかしいことを言ってしまった。八つ当たりのようなものだ。

「ごめん、青山さん。なんか…おれ、バカみたいだ」

もしかして、五十嵐は雨音を哀れんで、現金を施す理由として身体に触れてくるのかと思ったのだ。

ストレートに援助を申し出ても、雨音は突っぱねると見抜いて…。

それなら、淡々と雨音だけを乱すのもわかる。もともと同性に欲望を感じない性質でも、キスくらいはできるだろう……と。

五十嵐の車を降りてここまでのあいだでそんなことを考えたせいか、いつもお菓子やケーキをくれる青山まで、嫌疑の目で見てしまった。

「なーんかおまえ、最近変だなぁ？　困ったことがあれば、相談しろよ。一応、雨音より八年ばかり多く生きているんだ」

子供にするように抱き寄せられて、ポンポンと背中を叩かれる。五十嵐に抱き寄せられた時とは違い、心臓が苦しくなることはなく…ドキドキしない。ただ、優しい感情に心地よく包まれるだけだ。

いっそ、全部言ってしまえたら……どんなに楽になるだろう。ふと、そんな誘惑に駆られたけれど、ゆるく頭を振って弱い心を追い出した。

「なんでもない…。なにもないよ」

青山から離れながら、なんとか笑みを浮かべる。

雨音を見下ろして口を開きかけた青山は、小さく嘆息して肩を叩いてきた。

「それなら、いいけどな。逃げ込む場所があるってこと、忘れるなよ」

「……彼女に悪いから、いい」

「残念ながら、今はフリーなんだよなぁ」

いつもと変わらない調子で青山と軽口を叩いていたら、ようやく自然な笑いが零れた。

青山と別れて店に入り、厨房の電気を点ける。

壁に沿ってしゃがみ込んだ雨音は、足元に視線を落として大きく息をついた。

「直さんが…なにを考えているか。……聞けない」

ぐしゃぐしゃになった茶封筒をポケットから取り出して、独り言をつぶやく。深く踏み込もうとして、拒絶されるのが怖いのかもしれない。

苦労するのがわかっていて、結婚することのできない男の子供を一人で産んで育てようとしている姉の気持ちが…わかるような気がして。

姉弟二人してなにをやっているんだか…と思えば、皮肉な笑みが浮かんで唇を歪《ゆが》ませた。

□□□

十一月の真ん中を過ぎると、吹き抜ける風がすっかり冬の気配を纏うようになった。

ここしばらくで、目に見えて笑顔の減った姉が気がかりだけれど、雨音にはどうすることもできない。

「姉ちゃん、ホワイトシチューは鶏？　こっちがチキンライスなら、豚でもいいと思うけど。ハムとかソーセージでケチャップライスにして、シチューは鶏肉とか…」

一週間分のメニュー表を前にしてボールペンを握っている雨音は、ぼんやりとテーブルを見ている姉の前でヒラヒラと手を振った。

「聞いてる?」

「え…あっ、ごめん。なんだっけ……?」

ビクッと顔を上げた姉に、ボールペンの先でメニュー表を指し示す。姉はざっと目を走らせて、赤いボールペンを手に取った。

「やっぱり、鶏かな。こっちをチキンライスじゃなくて、焼き豚を使ったチャーハンにして…トマトはミネストローネにする。これなら、野菜もバランスよく使えるしね」

来週分のメニューを完成させたことに、ホッと一息ついた。

あとは、朝店へ行く途中に近くの鮮魚店を覗いて、その日の仕入れ状況に合わせたものを一つ二つ加えればいい。

「もう遅いから、寝なよ。清書はおれがやっておく」

「うん……ごめんね、雨音くん」

「ごめんじゃなくて、ありがと…だろ。おやすみ」

ソファから立ち上がった姉を見上げて、笑いかける。姉は、小さく「おやすみ」と口にしてリビングを出て行った。

時計を見ると、もうすぐ日付が変わろうとしている。ひとまずメニュー表の清書をして、青果市場の業者さんへの発注書も書いておかなければならない。

あくびを嚙み殺しながら、ボールペンを握った手を動かし続けた。

「青果市場の……佐藤《さとう》さん。……違うか」

姉の相手として、人のよさそうな笑顔を思い浮かべたけれど、即座に否定する。佐藤氏は父親よりも年上だし、いつも奥さんと一緒に配達するのだ。仲がよさそうな夫婦なので、妙な疑いをかけては失礼だろう。

この一カ月あまり、姉と接触する人を注意して観察していたが、親密な素振りの人は皆無だった。

ついには、隣のフラワーショップ『SUN』の店長や青山まで疑惑の目で見てしまった。

フラワーショップの店長は、失礼だがあの奥さんの目を盗んで浮気をする甲斐性《かいしょう》があるようには思えないし、青山なら『結婚できない』相手ではないだろう。

消去法で可能性のある男を絞っていくと、片手未満の人数しか残らなかった。

その中には……五十嵐も含まれている。

既婚者なので、結婚できない。定期的に店を訪れるので、以前から姉とも顔見知りだ。きっと、雨音が店に立つようになる前から、言葉を交わしていただろう。

「でも、まさかだよなぁ……」

静かなリビングに、雨音の独り言が響く。

いくらなんでも、五十嵐が相手ということはないだろう。姉と関係しながら、雨音とも……などと、そんな器用なことができるタイプだとは思えない。

それなら、相手は誰だ……？

いくら考えても振り出しに戻ってしまう。

「わかんねぇ～…」

ボールペンをテーブルの上に転がして、特大のため息をついた。

このところ考え込むことの増えた姉を見ていると、強がりも限界なのでは…と思ってしまう。

本当は、誰からも祝福されて新しい命を産みたいはずだ。

いや、誰からも…とまではいかなくても、せめて子供の父親である人と喜びを分かち合いたいに違いない。

やはり弟ということで遠慮があるのか、雨音のこともほとんど頼ってくれない。一人きりで抱えるのは、重すぎるだろう。

姉を追いつめたくはない。でも、心を鬼にして真実を確かめたほうがいいのでは……。

「もっと、大人になりたいなぁ……」

テーブルに両肘《りょうひじ》をついて、頭を抱える。

雨音が五十嵐や…せめて青山くらい大人だったら、姉ももう少し寄りかかってくれたかもしれない。

二十歳になり、社会的には大人とみなされる歳になったけれど、まだまだ雨音は無力な子供だ。姉を支えるどころか、一人で立つのも精いっぱいで……。

少なくとも、五十嵐に援助してもらっている今の状態では、しっかりとした大人への道は遠そうだ。

罪悪感のあまり手をつけられず、茶封筒に収まったままの状態で保管してある五十嵐からの現金を思い浮かべて、もう一つ大きく息をつく。

「……寝よ…」

考えることは尽きなくて、このままでは朝まで鬱々《うつうつ》と考え込んでしまうかもしれない。そんなネガティブな自分は嫌だ。

風呂に入ろうと廊下に出たら、姉の部屋からかすかな物音が聞こえてくることに気がついた。

姉も、寝つけないのかもしれない。また一人きりで泣いているのではないかと思えば、苦しくて。

ギュッと痛いほど唇を噛み締め、バスルームへ向かった。

《七》

寝つきが悪かったせいか、いつもより少し朝寝坊をしてしまった。

小さな目覚まし時計を摑んだ雨音は、七時を大きく過ぎていることに気づいて勢いよくベッドから身体を起こす。

「時計、鳴らなかったんじゃないか……？」

寝坊の責任を目覚まし時計に押しつけようとしたけれど、きっと雨音が無意識に止めてしまったのだろう。

あたたかいベッドから出た途端、寒さに身体をすくませる。体温の残るほこほこのベッドに、戻りたくなった。

早くリビングに行って、エアコンをつけよう。

普段は雨音が部屋をあたためておくけれど、この時間になれば姉が先に起き出してしまっているかもしれない。

「……まだ、かな」

リビングのドアを開けた雨音は、姉の姿がないことにホッと息をついてエアコンとテレビの電源を入れた。

特大のあくびをしながら、ひとまずお湯を沸《わ》かそうとキッチンへ足を向ける。

「んー…あったかいものを食べたいなぁ…」

今日の朝ご飯は、汁物がいいかもしれない。具がいっぱいの味噌汁を作って、そうめんと卵を入れるとか……。

朝食メニューを考えながらケトルをガスコンロにかけて、お湯が沸くまでのあいだ朝のニュースを見ようと、リビングのソファへ腰を下ろす。

「なんだ……これ」

ふとテーブルに視線を落とした雨音は、見覚えのない若草色の封筒が置かれていることに気づいた。その封筒の下には、大きな茶色の封筒が。

昨夜、姉とメニューの打ち合わせをしていた時にはなかったものだ。

何気なく若草色の封筒を手に取ると、見慣れた姉の字で『雨音くんへ』という表書きがなされていた。

「改まって、手紙……？」

訝しく思いながら、封を破る。便箋《びんせん》を取り出して文字を追っていた雨音は、徐々に顔を強張らせていった。

「嘘だろ……」

心臓がどんどん鼓動を増す。便箋を持っている手が小刻みに震え、文字が読めなくなる。

仕方なく三枚の便箋を広げてテーブルの上へ並べ、息を詰めて読み進めた。

……何度も何度も読み返したけれど、そこに書かれた内容は信じがたいものだった。

呆然とテーブルの上の便箋に視線を落としていた雨音の耳に、湯が沸騰したことを知らせるケトルの音が聞こえてきた。

いつから鳴っていたのかわからないが、放置しておくにはけたたましい音だ。

のろのろと立ち上がり、キッチンへ入る。ガスコンロのスイッチを切り、再びソファへ腰を下ろした。

現実感が……ない。

キッチンでガスを止めたのも、テレビの中でニュースを読み上げるキャスターの声も夢の中の出来事のようだ。

指で文字を辿りながら、もう一度便箋に目を走らせた。

「……ごめんね、か」

最後の一文字を指で隠すようにしてつぶやき、ゆっくりとその手を握り締める。

喉の奥から、熱い塊が込み上げてくるような感覚に襲われ、力いっぱい拳をテーブルに叩きつけた。

「……ッッ！」

声にならない慟哭《どうこく》が、胸の奥で渦巻いている。

雨音は薄い便箋を両手で握り締めて、肩を震わせた。

――勝手なことをして、ごめんね。高坂勇輔《ゆうすけ》さんと一緒に行くことにしました。

その一言で始まった手紙には、交際していたのが両親の事故で巻き添えにしてしまった人の息子であること…先方の母親に隠れて、つき合いを深めていったこと。妊娠を伏せて別れ話をしていたけれど、問い詰められて告白したという経緯が綴《つづ》られていた。

当然のことながら、あちらの母親には許してもらえず……二人でこの街を出ることを決めたという。

――落ち着いたら雨音くんには連絡するから。ごめんね……。

そう記された最後の文字は、震えていた。

姉は、弟の雨音ではなく…子供を一人で産んで育ててもいいと思うほど好きな人と、一緒に行くことを選んだのだと突きつけられた気分だった。

どうして、一言も相談してくれなかったのだろう。

そういうことなら、雨音は反対しなかった。どこかに身を隠すための協力は、惜しまなかったのに……。

姉にとって、雨音はそれだけ頼りなかったということだろうか。相談しようとも思えないほど、どうでもいい存在だったのだろうか。

あの日、両親の遺体を前にして手を繋《つな》ぎ、二人で支え合って生きていこうと……約束したのに。

それとも、姉を支えてなんとかしようと気を張る雨音は、重かったのか？

虚脱感に襲われながらのろのろと顔を上げ、もう一つの封筒を手にした。

中を探ると、出てきたのは『たんぽぽ』の登記済証だった。両親の死後は姉が継いでいたはずなのに、登記名義は雨音のものになっている。

「はは……おれ一人で、続けろ…って？」

ひりつく喉から、乾《かわ》いた笑いが漏れた。

あの店を始めたのは、両親と姉の三人だったのに……雨音だけが取り残されてしまった。

姉の周到さが残酷だ。衝動的な行動ではなく、少なくとも何週間か前には決めていたということだろう。

頭の中が真っ白だ。……なにも考えられない。考えたくない。絶望しているはずなのに、不思議と涙は出ない。

感情が高ぶりすぎて、逆に冷静になっているのかもしれないと、他人事のように自分の現状を分析する。

泣き喚《わめ》くほど取り乱すことができればスッキリするかもしれないのに、そうするにはなけなしの男としてのプライドが邪魔をしている。

「店、行かなきゃ…」

テレビ画面に映し出された時報の数字が『9：00』を示したのが目に入ると、雨音は腰かけていたソファから立ち上がった。

ただ、いつもと同じようにしなければいけない……と。強迫観念に駆り立てられるように、そう思っていた。

□□□

一人で店を機能させるのは、やってみればどうにかなるだろう…という雨音の希望的観測をあっけなく突き崩す、重労働だった。

ただ、バタバタとしているあいだは余計なことを考えずにすむので、ありがたい。

「はー……」

その分、レジを閉めて一息ついた途端、どっと虚無感が込み上げてきた。照明を絞った静かな店内で、大きく息をつく。

一人きりの空間は静まり返っていて、姉がいない…という現実を痛感した。考えないようにしていた淋しさが込み上げ、奥歯を嚙み締める。

この先、どうすればいいのだろう。一人で店をどうにかするのは、現実的ではない。意地を張って続けたいのは山々だけれど、経理関係は姉が引き受けていたし、メニューも雨音だけでは考えられない。

あきらめるのは悔しい。でも、雨音だけで続けていくのは無理だということはわかる。

……店を、手放さなければならないかもしれない。

そんな現実が迫ってきたが、両親から受け継いだ店を手放すのはどうしても嫌だ。万が一そうなるとしても、最終手段だ。

でも、どんなに考えてもうまく切り抜ける方法など思いつかず、いっそ、この〝現状〟から逃げ出してしまいたいという気弱な衝動に駆られる。

なにもかも投げ出してしまったら、楽になれるのだろうか……。

「あ…」

ぼんやりとしていた雨音の目が、入り口のガラス扉の向こうに立った人の影を捉《とら》えた。

……五十嵐だ。

店内の雨音と目が合うと、淡い笑みを浮かべる。その微笑を目にした瞬間、頼りなかった心が張りを取り戻した。

「ど…したんですか?」

大股で入り口に向かった雨音は、鍵を開けながら五十嵐を見上げた。今日は、逢う約束をしていなかったはずだ。

「電気が点いていたのが見えたので……まだ雨音がいるのかな、と思いまして。一人ですか？」

その問いかけに、他意はなかっただろう。五十嵐は姉が出て行ったことを知らないのだから、先に帰宅したのか…くらいに思ったはずだ。

「……一人、です」

けれど、口に出した言葉は雨音の胸に深く突き刺さった。一人きりになってしまったと、改めて感じる。

無言で雨音を見下ろしていた五十嵐が、静かに口を開いた。

「よければ、夕食でも…ご一緒しませんか？」

「あ…でも……」

いくつか、おかずが残っている。これを食べてしまわないともったいない。

でも……五十嵐の誘いに乗ってしまいたいと、心の奥でもう一人の自分が主張している。今日は一人でいたくない。

「あの…残り物を押しつけるみたいで申し訳ないけど、少し手を入れるからウチのおかずを食べてもらっていい？」

「私は構いませんが……では、うちにいらっしゃいますか」

雨音は断られなかったことにホッとして、大きくうなずいた。こんな……人恋しいという感情が、自分にあったことに驚く。

「ちょっとだけ待って。戸締まり……と、荷物取ってくるから」

「ゆっくりでいいですよ」

急いで厨房に入ると、おかずとご飯の残りをパックに詰め込んで輪ゴムで留めた。

火の気の確認をして厨房の電気を消し、荷物とコートを手に持つ。ガラス扉の鍵を閉めてシャッターを下ろそうとすると、五十嵐が無言で手を伸ばした。

「直さん……？」

「手伝います」

「だめっ」

綺麗な指先が、埃で汚れたシャッターに触れるのがなんだか申し訳なくて、慌てて五十嵐の手を拒む。

不思議そうな顔をする五十嵐を見上げて、誤魔化し笑いを浮かべた。

「あ、ありがと。ちょっと、錆《さ》びてて危ないし……あとは、おれがするから……」

わずかに触れた左手……薬指に、銀色の指輪が存在を主張していた。

五十嵐の帰りを待っている誰かがいるとわかっていながら、人恋しさに負けて傍にいてほしいと願う。

雨音は自分の勝手さに奥歯を噛んで、銀色の指輪から視線を逸らした。

ごめんなさい…と、心の中でつぶやいて。

□□□

五十嵐のマンションは、いつ訪れても物が少ない。

生活感のなさは、五十嵐があまりこの部屋にいないということを物語っているみたいだ。キッチンにも、小さなフライパンと鍋が一つずつしかなく、調理道具はほとんど見当たらない。かろうじて、包丁と菜箸があるくらいか。

……まな板がないのに、どこでどうやって物を切っているのか不思議だった。

よく使っているのだろうな…と思えるのは、コーヒーメーカーくらいだ。

「キッチン…借りるね」

「どうぞ。好きに使ってください」

キッチンに立った雨音を、五十嵐はカウンターのところに腰かけて見ていた。あまり見られると、居心地が悪い。

それでも、見るな…と言うことはできず、できる限り五十嵐の存在を気にしないよう自分に言い聞かせながらおかずに手を加えた。

厚焼き玉子は崩してグリーンピースと一緒にご飯に混ぜ込み、丼…はないのでラーメン用の鉢に入れておく。同じ器がないので、もう一つはカレーやシチューを入れるのによさそうな、少しだけ深さのある平皿を使った。

鶏のから揚げは玉ねぎのスライスと一緒に出汁《だし》で煮て、店から持ってきた卵でとじる。それをレンジであたためておいたご飯に載せ、即席から揚げ丼にする。

グリーンサラダに角切りポテトとベーコンの炒め物、和洋折衷で変かもしれないけれど鰯《いわし》の甘露煮を添えて、梅干しを潰して作った和風ドレッシングをかけて完成だ。店の残り物が中心なので、なんとも統一感のない食事になってしまった。

「直さん、でき…た」

カウンターにラーメン鉢を差し出すと、五十嵐と視線が絡んだ。まさか、作る過程をずっと見ていたのだろうか。

なにを考えているのか、常にポーカーフェイスな五十嵐の表情からは読み取ることができない。

「えーと…先に、食べててください」

頬が紅潮しそうになってしまい、顔をうつむけて五十嵐の視線から逃れた雨音は、使い終わった鍋を手早く洗う。

先にどうぞと言ったのに、五十嵐は雨音が腰を下ろすまで黙って待ってくれていた。それがわかっていたので、濡れた手を拭《ふ》いた雨音は急いでカウンターの椅子に座り、箸を手に持つ。

五十嵐の口数の少なさは、食事中も変わらず……いつも黙々と箸を口に運ぶ。でも、食事が気に入らないわけではないと箸の勢いが語っている。

そういえば、今日真っ当な食事をしたのは今が初めてかもしれない。

朝はなにかを食べるという精神的な余裕がなく、昼は店の繁雑さにかまけて食べそびれてしまった。夕方になっても空腹感がなかったせいで、軽食さえ取っていない。

もし、五十嵐が誘いに来てくれなかったら、夕食もまともに食べなかったかもしれない。

考えながら咀嚼《そしゃく》しているせいか、どうしてもゆっくりになってしまう。

雨音より早く食べ終えた五十嵐は、冷蔵庫からペットボトルの烏龍茶《ウーロンちゃ》を取り出してコップに入れてくれた。

「ご馳走様でした。やはり君の作るご飯はおいしいですね」

褒めてくれるのは嬉しいけれど、申し訳ない…という気分が湧《わ》いてくる。

「……残り物を押しつけたみたいで、ごめんなさい」

「そんなふうには思っていません。ただ、おいしかっただけですよ」

珍しく苦笑を浮かべた五十嵐は、締めたままだったネクタイを緩めながら雨音を見下ろした。

そうやってネクタイを緩める左手…薬指に、どうしても視線がいってしまう。

常にその場所で存在を主張している指輪は……今はない。いつもどおりに、車に乗ってすぐ外されている。

「ありがと…」

無理やり五十嵐の指から目を引き離してぽつんとつぶやくと、自分でもぎこちないとわかる笑みを浮かべた。

さらりと髪に触れられて、肩を揺らす。

「なにか……ありましたか？　元気がありませんね」

雨音は顔を上げられないまま、ゆっくりと左右に首を振った。

それでも、五十嵐の手は離れていかない。ゆっくりと…子供か動物にでも触れているような手つきで、雨音の髪を撫でる。

じれったいほど優しい手で触れられることに、少しずつ息苦しくなってくる。

「雨音？　寒いですか…？」

小さく震える肩を抱き寄せられて、勢いよく顔を上げた。限界まで張り詰めていた糸が、ぷつんと切れてしまったみたいだ。

「おれのことなんか、心配しなくていいよ」

五十嵐の腕を振り払い、喉の奥から声を絞り出す。

わずかに目を瞠った五十嵐は、怒るでもなく再び雨音の身体を両腕で抱き寄せた。

どうして、そんなことをするのだろう。中途半端に優しくされるくらいなら、最初から放っておいてくれたほうがいい。

気まぐれな優しさは、この上なく残酷だ。

「直さん……放し、てよっ」

長い腕に抱き寄せられるのは、心地よかった。でも、完全に身体を預けることはできない。

今はない、左手の薬指の指輪……。あれを思い浮かべるたびに、キシキシと胸の奥が軋《きし》むように痛くなる。

姉にとっても、五十嵐にとっても、一番になれない自分が悔しい。誰にも必要とされていないみたいで、果てしない孤独感に襲われる。

口では放せと言いながら、五十嵐の腕の中から逃れられない……。

「…放せません。雨音、自分が今、どんな顔をしているか……わかりませんか？」

「知らな…い。いいから、放せって」

そんなもの、知りたくない。

必死で踏みしめていた地面が、グラグラと揺れているみたいだった。このままでは、目を逸らし続けていた自分の弱さを、五十嵐にさらけ出してしまう。

依存する心地よさを知ってしまえば、放り出された時に苦しむのは自分だとわかっている。だから、五十嵐に寄りかからないよう耐《た》えているのに……。

「こんな君を、放せるわけがないでしょう」

大きく息をついた五十嵐は、雨音の背中を強く抱き締めた。

抱き寄せられた胸元から、心臓の鼓動が聞こえる。シャツ越しの体温があたたかくて……詰めていた息を吐き出すと、強張らせていた身体から力を抜いた。

「……てよ」

「え……？」

小さな声でつぶやいた雨音の言葉が、聞き取れなかったのだろう。雨音の背中を抱いていた五十嵐の腕から、わずかに力が抜けた。

のろのろと顔を上げた雨音は、五十嵐と目を合わせてもう一度口にした。

「ムチャクチャにしてよ…。なにも、考えたくない。その気になれないなら、なんでもするから……直さん」

逃避だとわかっていて、五十嵐に縋りついた。

八つ当たりに近いかもしれない。中途半端な優しさを与えようとする五十嵐が腹立たしくて、巻き込もうとしている。

それでも、なにも考えたくない……というのは、本音だった。

「雨音……」

五十嵐が、低い声で雨音の名前を呼ぶ。

すべての感情を押し殺したような声に、勝手なことを言って怒らせてしまったのかもしれないと…半ばあきらめに似た気分で顔を上げたけれど、五十嵐は熱っぽい目で雨音を見ていた。

首の後ろに当てられた手が、いつもより熱い……。

「そんな挑発をして…後悔しますよ」

「…しない……」

首を左右に振った雨音は、目を逸らすことなく答えた。そっと眉を寄せた五十嵐が、顔を近づけてくる。

唇がやんわりと触れ……瞼を閉じて、五十嵐の首に腕を巻きつけた。


メチャクチャにしろと迫ったのに、雨音に触れる五十嵐の手は優しかった。

これまでの逢瀬《おうせ》で知られている弱点を繊細な指先で探り、雨音を高めようとする。

薄明かりの中、覆いかぶさってくる五十嵐を見上げた。

「っ……！　ゃ……だ、おれ…だけ」

荒く息をつきながら、もう嫌だ…とベッドの上で身体をよじる。一方的に高みへ押し上げられるのは、むなしい。

力の入らない手を伸ばし、五十嵐の着ているシャツを剝《は》ぎ取ろうとした。

「直さん、も……。目ぇ閉じててもいいから……ッ」

いつだったか、車の中で言われた言葉……「抵抗がある」という一言を、雨音は忘れていない。

五十嵐がしたくないのなら、おれが全部やってやる…。

経験などなく、実際はどうすればいいのかろくにわからないくせに、そう思っていた。

「なにを……。雨音？　ッ…」

怪訝な顔をした五十嵐だが、雨音の手がスラックスのベルトを外してフロントを開放すると、わずかに表情を変えた。

動揺を滲ませた端整な顔を見た雨音は、心臓の動悸《どうき》が激しくなるのを感じる。

五十嵐から、表情を引きずり出してやりたい。今まで目にしたことのない……快楽に溺《おぼ》れる顔を見てみたい。

そんな衝動に駆られて、手を差し込もうとすると……。

「こら…待ちなさい、雨音」

大きな手に手首を摑まれて制止されてしまった。

「なんで……？　嫌？」

「そうじゃない。今は…私が触りたいんだ」

短く息をついた五十嵐は、雨音の手を阻《はば》むと自分の手で着ていたものを脱ぎ落とした。

雨音は、初めて目にする五十嵐の身体から、そっと目を逸らした。

十代の少年と変わらないような……未成熟な自分の身体とは、まるで違う。骨格も、肌の下に張り詰めた筋肉も……隣に並ぶのが恥ずかしいほど、男を主張している。

今更ながら、この人が自分みたいなのを相手にして、その気になるのだろうか。という不安が込み上げてきた。

「……あ」

壁のほうに顔を向けて考えていると、大きな手に膝を摑まれて左右に開かれた。

逃げる間もなく、脚のあいだに五十嵐が身体を割り込ませてくる。

「雨音…逃げないでくださいね」

「え……、ぁ…ぁっ！」

どうする気だと上半身を起こしかけた雨音だが、すぐに頭をベッドに戻して身体を強張らせた。

五十嵐の手に何度か追い上げられた屹立《きつりつ》が、あたたかく湿った感触に包み込まれている……？

咄嗟に伸ばした両手に、五十嵐の髪が触れる。その頭が動くたび、脚のあいだから濡れた音が聞こえてきて、自分の身体に起こっていることが現実だと思い知らされる。

「や……だ、ぁ……ぁ、んっ！」

五十嵐にそんなことをされるとは思ってもなくて、一気に恐慌状態へ陥った。

跳ね上がる腰を押さえつけるようにしながら、やわらかな舌が絡みついてくる。

腰から下が、ドロドロに溶けてしまうのではないかと……真っ白になった頭で、かろうじてそれだけ考える。

息もできないほどの快楽に、ギュッと目を閉じたまま全身を震わせた。

「やだ、ゃ……い、くから。すぐ、ぃ……くっ、ゃ……あ!」

きつく閉じた目尻から、勝手に涙が溢れる。

五十嵐の髪を摑んで引き離そうとしても、震える指のあいだを髪が零れ落ちていく。雨音の訴えが聞こえているはずなのに、五十嵐は押さえる手を緩めることさえしてくれない。

……我慢できない。

「直、さ……っ、ヤだよ…おれ、ゃ……ッ! っく……ぅ～……」

舌先で包み込むようにしながら先端へ吸いつかれ、ビクンと腰が跳ねた。

促すように絡みつく舌が、心地よくて……泣きながら腹筋を痙攣させる。そのあいだも五十嵐は解放してくれず、残滓まで丁寧に舐め取られる。

雨音が手を伸ばしかけた時に拒んだのだから、キスや手で触れる以上の接触には抵抗があったのではないか……と、強引な追い上げを責める言葉も出てこない。

ただ、燃えるように熱い呼吸を繰り返しながら、快楽の余韻に身体を震わせた。

「泣くほどよかったですか……?」

五十嵐の指先が涙を拭いながら、揶揄《やゆ》するでもない…優しい声で問いかけてくる。

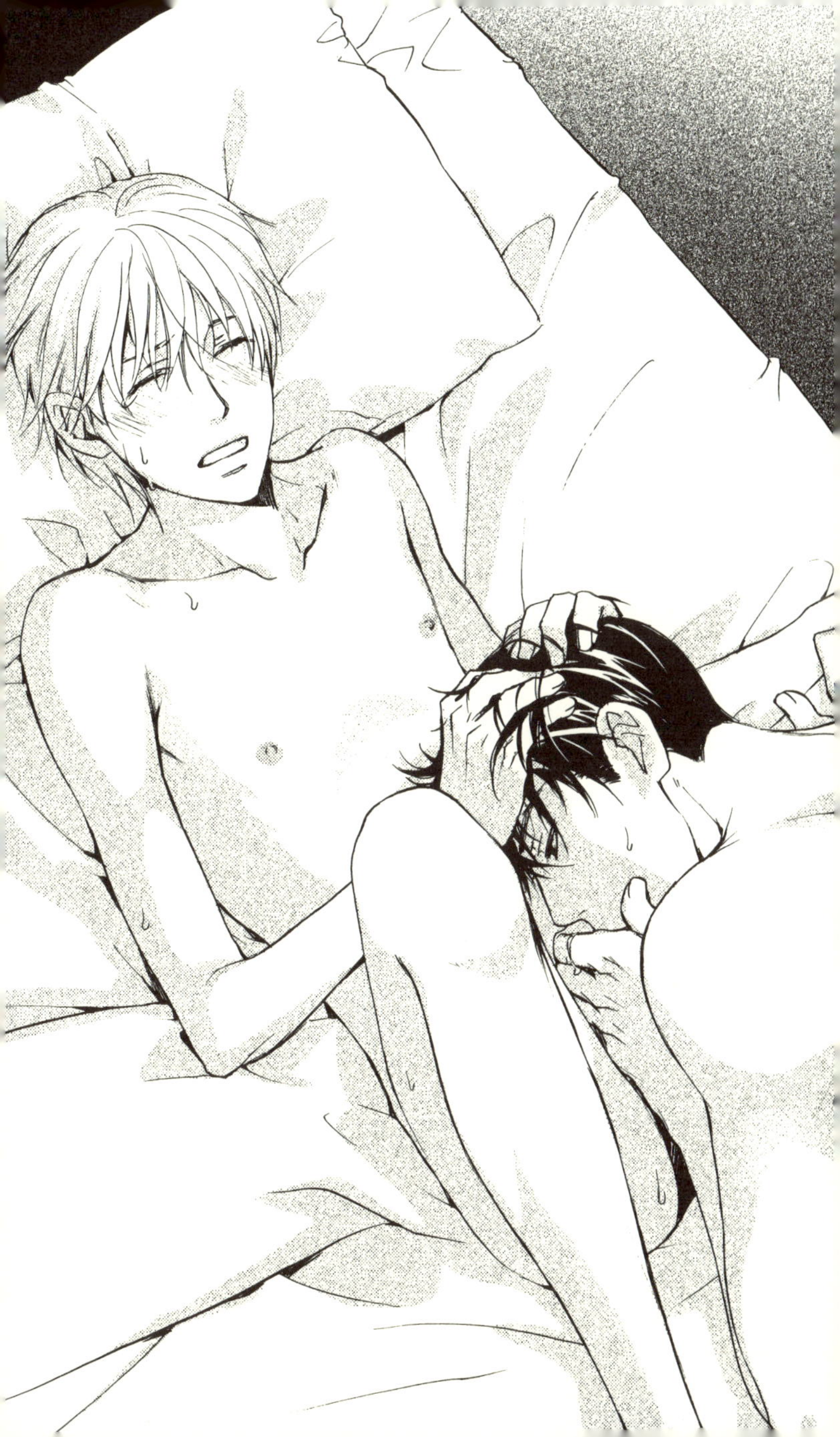

素直にうなずくには羞恥心が邪魔をするし、呆気《あっけ》なく達しておいて「よくない」という嘘も言えないので、なにも答えられるわけがない。

「ムチャクチャに……してほしいんでしょう？　まだ、これからですよ」

「ぁ……！」

腰の下にクッションを押し込まれて、焦った。腰から下が安定しない、不安定な体勢も怖いが……これでは五十嵐の目からなにも隠せない。

「な……、んでっ。ッ、……ン！」

開かれた脚の奥に指が押しつけられ、五十嵐がどうするつもりなのか悟った。一人だけ乱れる様を観察されるなら、五十嵐の好きにしてくれたほうがずっといい。

そう思い、泣きたくなるほどの羞恥に奥歯を嚙み締めて「嫌だ」という懇願を呑み込んだ。

「力を……抜いていてください」

「ん……」

両腕で顔を隠し、大きく息を吐いた。

ささくれやあかぎれのない、あの綺麗な指が……。

頭の中で五十嵐の長い指を思い描くと同時に、じっくりと含まされる。

「ぁ…ぅ……！」

奇妙な異物感に腹筋が引き攣り、嫌でも身体の内側にある長い指の存在を意識してしまう。

震える息を吐くと、五十嵐の低い声が降ってきた。

「雨音……熱い…」

五十嵐が、挿入した指で雨音の粘膜の温度を感じている。そう知らされた途端、この行為が現実感を帯びて生々しいものになる。

これ以上はないと思っていたのに、更に顔が熱くなった。

「直…さん、も、触んな…」

早く、目的を遂げてしまえばいい。そうでなければ、どうにかなりそうだ。

自分がどんな醜態をさらすか、わからないのが怖い。

「なにを言っているんです。まだ、私の指が三本は入らなければ……無理ですよ」

「さ……っ！」

とんでもない言葉に、目を見開いた。一本だけでも形容し難い異物感に襲われているのに、この三倍……？

「それっ、無理…ぁ……！」

自分から言い出したくせに、無理だと青ざめた雨音が身体を起こそうとしたところで含まされた指を抽挿《ちゅうそう》され、続く言葉を呑み込んだ。

五十嵐の指が動かされるたび、奇妙な疼《うず》きが生まれる。

それが不快なのか快感なのかわからず、奥歯を噛んで身体を震わせた。

「ぃ……ッやだ！　ゃだ…そ……れっ」

不意に、ゾクッと悪寒に似たなにかが背筋を駆け上がった。ジッとしていられないような焦燥感が込み上げ、手を伸ばして五十嵐の腕を摑む。

嚙み締めていたはずの奥歯が、ガチガチと震えていた。

「ああ…ここ、ですかね」

「っは……！」

恐慌状態の雨音をチラリと見下ろした五十嵐は、冷静につぶやいて再び指の腹でじっくりと粘膜を探った。

今度は、ハッキリと快感だとわかるものが全身を駆け巡り……とんでもない声を抑えるため、咄嗟に手首を嚙む。

思い切り嚙んでいるのに、痛くない。痛みを凌駕《りょうが》する強烈な感覚が、ひっきりなしに腰から這い上がってくる。

「っん！　ぅ……ン、ン……ッ」

必死で未知の快感に耐える雨音に気づいていないのか、気づいていないふりをしているのか……五十嵐は挿入した指に添わせる形で、もう一本の指を潜り込ませてきた。

ビクッと跳ね上がった腰を押さえつけられ、長い指を根元まで突き入れられる。

「ふ……ぅ…ン、んぅ……ぁ」

弄られている下肢から濡れた音が聞こえてきて、身体の内側から溶け出しているのではないかと……ありえない想像をしながら熱い息を吐いた。

時間の感覚がなくなるほど翻弄され、五十嵐の指が引き抜かれても寝返りを打つことさえできなかった。

ただ、そこに…指より遥かに存在感のある塊を押しつけられた瞬間、ビクンと喉を反らせる。

この人が、雨音に触れてその気になっているのが不思議で、それ以上に嬉しい…。

「あ……ぁ…っ！」

なにか…ぬめりのあるものを塗っているのか、ほとんど抵抗なく先端を含まされてしまい、驚いた。

思わず身体に力が入り、五十嵐が息を呑む気配が伝わってくる。

「っ…無理に入れないので……怖がらないでください。ほら、雨音…息を吐き出して」

「ン……ぅ…」

大きな手が、腹から胸元までを撫で回す。雨音は目を開けられないまま、催眠術にかかったような従順さで五十嵐の言葉に従った。

確かに、息を詰めずにいると少し圧迫感が和らぐ……。

「指で弄っていたからかな。ここも…ぬるぬるになってますね」

手の中に屹立を包まれて、そっと撫でながら身体を揺すられると、ビクッと脚が跳ねた。腹筋に力が入り、五十嵐の存在をクッキリと感じる。

身体の奥で……雨音とは違う鼓動を刻んでいる。

「ゃ……だっ！」

落ちていくような感覚が怖くて、縋りつくものを探した手がベッドカバーを握り締めた。

こんな……こういうふうにされて、自分が泣くほど感じるなんて思わなかった。でも、相手が五十嵐でなければこんなことはできない……。

好きな人でなければ……したいと思わない。

「やっ、も……だめ、そ……こばっか……ぁ！ ぁ……」

少しでも雨音が反応したところは、執拗に指が辿る。

そうしながらゆっくりと抜き差しされて、まるで雨音にその質量を教え込ませようとしているみたいだった。

「ぃ……っ、やだ！ ゃ……も、我慢できな…ぃ」

「ん…いいですよ。好きなだけ気持ちよくなって」

限界を訴えると、五十嵐はそっと雨音の屹立を包む指を締めつけた。

腰の奥で渦巻いていた熱が、一気に背筋を駆け上る。雨音の脳は、それを紛《まぎ》れもなく快感として認識した。

身体を合わせてくれないので、背中に抱きつくことができない。もどかしさと切なさを抱えながら、シーツを摑む手に力を込めた。

「ツ、ぁ……ぁぁっ！」

ビクビクと跳ね上がりそうになった身体を、五十嵐の手に押さえつけられる。

五十嵐の指を汚してしまうと思いながら、引き返すことも立ち止まることもできない。溜め込んでいた快感が一気に弾けてしまう。

懇願したとおりに、雨音はなにも考えられないほどの快楽に頭まで浸かりながら、意識を手放した。

《八》

……後悔なんか、しない。

そう言って迫ったのは誰だと、滑稽《こっけい》になるほど……朝日を浴びた雨音は、とてつもない後悔に襲われていた。

最初からわかっていたことなのに、むなしい。五十嵐を巻き込んで、言い逃れができない状態にまで奥さんを裏切らせてしまった。

ベッドの上に座り込み、両腕で頭を抱える。

後悔しているのに……五十嵐が隣にいてくれることが、嬉しい。

もう限界だ。姉もいないのだから、五十嵐との関係を続ける必要もない。これ以上、五十嵐のことを好きになれば、離れられなくなってしまいそうだ。

「ごめん……」

ベッドに投げ出されている五十嵐の左手…薬指にそっと触れ、独り言をつぶやいた。

「なにが……ですか?」

その手を摑まれて、ギョッとする。よく眠っていると思っていたのに、いつから起きていたのだろうか。

「雨音？　どこか…痛い？」

ベッドに身体を起こした五十嵐が、手を伸ばしてくる。頬に触れられそうになったところで、スッと身体を逃がした。

首を左右に振り、大きく息をつく。

「直さん……。もう、やめたい。こんなの……やっぱり嫌だ」

金銭だけで繫がっていれば平気だったかもしれないけれど、割り切ったつき合いができるほど雨音は大人にはなれなかった。たとえ大人でも……やっぱり無理があっただろう。どちらかが感情を持ち込んでしまえば、破綻《はたん》する関係だ。

こうして向き合っていても、車の灰皿にある……銀色の指輪が頭の中にチラつく。

見上げた五十嵐は、表情を変えることなく雨音を見ていた。

そうして、どれくらい時間が経っただろうか。五十嵐はわずかに乱れた髪をかき上げて、肩を上下させる。

「……わかりました。雨音がそう言うなら」

感情の窺えない声だった。

安堵しているのか、少しでも残念がっているのか……顔を伏せてしまった雨音には、その感情を窺い知ることができない。

「勝手なことを言って、ごめんなさい……」

声が震えなかっただろうか。

爪が手のひらに食い込むほど強く拳を握り締めてそれだけ言うと、雨音は脱ぎ捨ててあった服を身につけた。

早く……ここから出て行きたい。

「送ります」

「いい。大丈夫。一人で帰る……」

目を合わせることなく答えて、コートを手に持つと急ぎ足で五十嵐の部屋を出た。

エレベーターに乗り込み、一人きりになった途端、張り詰めていた緊張が崩れ落ちる。

「……ッ…」

背中を壁にもたせかけて、顔を手で覆った。

もう……なにもかも限界だ。

こんなに頼りない人間が、姉と産まれてくる子供を支えようとしていたなんて、思い上がりもいいところだと笑いたくなる。

今は、自分一人さえ支えられない……。こうして、なにかにもたれかかって立っているのが、精いっぱいだ。

真っ暗な沼に沈んでいくような、底の見えない絶望に強く奥歯を嚙み締める。

雨音はこの世の終わりのような気分になっているのに、外に出ると朝日がキラキラと輝いていて、まぶしさに目を細める。

自分がどれだけ落ち込んでいても、世界は変わらず回り続けるのだと当たり前のことを思えば、少しだけ救われた気分になった。

□ □ □

店頭に並べるメニューは、日替わりを含む三種類だけにする。これなら、雨音一人でもなんとかできそうだ。

「姉ちゃ……って、また。バカか、おれ」

炊飯器に炊き込みご飯の具と出汁《だし》を仕込み、振り向きながらここにはいない姉に話しかけそうになってしまった。

マンションにいても、厨房にいても、一人きりの空間というものは慣れなくて……いかに姉といることが当たり前になっていたか、何度も思い知らされた。

姉が、置き手紙を残していなくなった日から、五日……。

落ち着いたら連絡すると書き記されていたが、未《いま》だに連絡はない。持って出た携帯電話は解約してしまったらしく、初めは留守番電話に切り替わっていたのが『現在使用されておりません』というアナウンスになった。

好きな人と一緒にいられて、幸せなのだろうか。身体は大丈夫なのだろうか……。

心配は尽きないけれど、ここで雨音が考えていてもどうすることもできないことばかりだ。

「引っ越しも……考えないと、な」

あのマンションは、一人で住むには広すぎる。姉からの連絡を待つには、携帯電話があれば充分だろう。

下処理をしてあった海老《えび》を冷蔵庫から取り出し、フライの準備をする。ひとまず衣をつけておいて、ギリギリになって揚げよう。

卵と小麦粉、パン粉……とバットを並べていた雨音は、入り口に人影があることに気づいた。

まだ開店時間前なので、扉の鍵は閉めたままだ。

なにか、用事があるのか……？　と訝しく思いながらカウンターの外に出て、息を呑んだ。

「……おはようございます」

急いでガラス扉の鍵を開けて、見覚えのある女性を店内に招き入れる。

女性は、入って来るなり無言で雨音の頬を引っ叩いた。乾いた音に続き、ジンジンと熱い痺れが広がる。

そうされても仕方がないと……甘んじて受け止める。高坂夫人にとって、矢吹一家は疫病神のような存在だろう。

逃げることも手で庇《かば》うこともせずに突っ立っている雨音を睨みつけ、エプロンの胸元を鷲摑《わしづか》みにしてきた。

「どこ……？　あんたの姉さんと、私の息子はどこなのよ!?　知っているんでしょ！」

「……すみません、知りません」

それ以外になにも言えず、深く頭を下げた。

知らないと即答したことが気に入らないのか、胸元を摑まれたまま身体を揺さぶられる。

「ふざけるんじゃないわよ。夫を殺しただけじゃ飽き足らず……よくも、息子を誑《たぶら》かしてくれたわね。あんたの姉さんのことよっ。知らないわけないでしょう！　どこに逃げたのか、言いなさいよ！」

小柄な身体の、どこからこんな力が出ているのだろう……。

そう不思議に思うほどの力で胸元を突き飛ばされて、雨音は床に尻餅《しりもち》をついた。床へついた手のひらに、ザラッとした砂の感触がある。

ああ…開店までに、掃き掃除をしなきゃな…。

こんな場面だというのに、そんなのん気なことが頭に浮かぶ。

「本当に、知らないんです。すみません…ごめんなさい」

一言も反論することなどできず、雨音は両手を床について深く頭を下げた。

「謝れば、許してもらえるとでも思ってるの……？」

頭に巻きつけていたバンダナごと、髪を摑んで引っ張られる。雨音は痛みに眉を寄せ、耐えるしかできなかった。

一言でも反論すれば、火に油を注ぐことになるだろう。

「……ちょっと、なにやってるんですか？」

生理的な涙が浮かんだ目で声が聞こえたほうを見ると、険《けわ》しい表情をした青山が入ってきたところだった。白い、調理服のままだ。

他人に割り込まれたことで気を削《そ》がれたのか、高坂夫人は雨音の髪から手を放して大きく息をついた。

「絶対に、許さないから」

吐き捨てるような言葉を言い残し、青山を押しのけて店を出て行った。

完全に夫人の気配がなくなると、今更ながら床についた手が震え始める。どうやら、自覚していた以上に緊張していたらしい。

「雨音？　なにがあったんだ？」

腕を摑まれ床から引っ張り上げられると、雨音はぼんやりとしたまま青山の問いに関係のないことをつぶやいた。

「青山さん、なんでタイミングよく現れるんだよ……」

まさか、エスパーか？　などと、混乱しているせいか非常識なことを考えてしまう。

「美香《みか》ちゃんが、お隣の様子が変だって教えてくれたから覗きに来た。さっきの人は誰だ……？」

当然だが、エスパーでもなんでもなく、出勤のために『たんぽぽ』の前を通りかかったアルバイトの女の子が青山に知らせたらしい。

「警察、通報するか？」

その言葉に、慌てて青山の腕を摑んで首を振った。

大げさだ。そんなことをされたら、困る。

「あの人が怒るのは、当然なんだ。どんなことを言われても仕方のないことをしたから……」

険しい表情で雨音を見下ろしていた青山は、大きく息をついて雨音の膝についた砂埃を払ってくれた。

そして、ふとカウンターの奥に目を向ける。

「そういや、風歌ちゃんは……？　しばらく見てないな。二週間以上になる……か」

毎日の昼食を配達している雨音とは違い、もともと姉と青山の接点は多くない。これまでも、一週間くらい顔を合わせないことは珍しくなかったはずだ。

けれど、さすがにおかしいと思ったのだろう。

「雨音?」

目を逸らすと、訝しげな声で雨音の名前を口にする。

不自然な態度だとは、自分でもわかっていて……うまく誤魔化す自信がない。

「姉ちゃん……出て行っちゃった」

この五日間、誰にも言えなかったことを口に出す。意外にも、なんでもないように笑うことができた。

摑まれていた腕に、痛いほどの力が込められる。抗議しようと目を向けると、青山は、ますます表情を険しくしていた。

「なに、怖い顔するなよ。青山さん、顔が売りなんだから…」

「はぐらかすな。どういうことだ……?」

へらへらと笑いながら青山を見上げる。そんな雨音につられることなく、低い声で言いながら軽く頬を叩かれた。

この人が、雨音のことを本当に心配してくれているとわかっている。青山に…打ち明けるべきか。でも、言ってどうなる?

逡巡《しゅんじゅん》していると、厨房の奥からセットしていたアラーム音が聞こえてきた。

「あ、開店準備しないと……。青山さんも、だよね」

壁にかかっている時計を見上げて時間を確認した青山は、仕方なさそうに嘆息して雨音の腕から手を放した。

「夜…店を閉めた後でまた来る。逃げるなよ」

そう一方的に宣言して、雨音の返事を待つことなくガラス扉を押して出て行った。

残された雨音は、床に落ちているバンダナを拾い上げて大きく息をついた。

……手を洗って、新しいバンダナを用意しないといけない。

雨音は、今できること…店を続けていくという役割を果たさなければ。

震えそうになる奥歯を強く噛み締めて、一人だと広く感じる厨房へ戻った。

今にも泣き出しそうな赤い目で雨音を睨みつけて、『絶対に許さない』と言った人の顔は、できるだけ思い出さないようにしながら。

□□□

「ありがとうございました。また、お越しください」

「おー、また来るわ。飯が足りねーからなぁ」

弁当のパックが入ったビニール袋を手渡し、笑いながら頭を下げる。

病院のパジャマの上にコートを羽織り、右足にギプスと松葉杖《まつばづえ》……という格好の常連さんは、週に四回ほど閉店間際に訪れる。二十代半ばの青年で、バイクで自損事故を起こして入院中だという。

内臓に異常があったり食事制限をされている人以外には、病院食は絶対的に量が足りないのだろう。

「エビフライ、オマケしておきましたから。ご飯も大盛りなんで、しっかり食べて早く治してくださいね」

青年が持っているビニール袋を指差して、オマケしている…と言えば、本当に嬉しそうな笑顔が返ってきた。

「さーんきゅ。……そういや、美人の姉ちゃんはお出かけか？」

「ちょっと、旅行へ……」

顔見知りの常連さんに姉のことを聞かれるたび、旅行へ行っている…と答えているけれど、そろそろ限界だろう。いつまでも誤魔化せるはずはない。

それでも、青年は不自然さを感じなかったようで、

「そりゃ残念。じゃ、またな」

なんの含みもない笑顔でそう言い残してガラス扉へ向かった。雨音は急いでカウンターから出

て、自動ではない重い扉を開ける。

「ありがとうございました…」

器用に松葉杖をついて歩く青年の後ろ姿を見送り、扉の鍵を内側から閉めた。

すでに閉店時間を十分近く過ぎている。彼が最後の客だろう。

店舗側の照明を落として、厨房へ戻った。

「ひとまず、終了……」

片づけをしないとなぁ…と思いながら、半日ぶりに椅子へ腰を下ろす。一人で雑事をすべてすることに慣れなくて、昼食も立ったまま片手間にという状態だった。

でも、今日もなんとか一日を乗りきった。

あと、どれくらい続ければいいのか……深く考えれば途方に暮れそうなので、できるだけ先のことは考えないようにしている。

黙々とシンク周りを片づけて、炊飯器の底に残っている炊き込みご飯をラップに包む。冷凍しておけば、残り物が少ない日の夕食にできるだろう。

「あ……」

コン、とガラス扉を叩く音が耳に入って顔を上げた。

街灯の光に照らされて、青山が立っているのがわかる。『ノエル』の片づけは終わったのか、ジーンズにチャコールグレーのコートという私服姿だ。

どちらにしても、青山にはいつまでも誤魔化せないな…と思いながら厨房から出た雨音は、扉の鍵を開けた。

「……かぼちゃタルトとポテトパイ、土産に持ってきた。食べるだろ？」

差し出されたケーキボックスを受け取った雨音は、唇をほころばせて青山を見上げた。

「うん…ありがと」

青山が持ってきたのは、どちらも『ノエル』の秋の新作だ。新物のかぼちゃを使った濃厚なタルトと、薄塩味のマッシュポテトが入ったパイは雨音のお気に入りで、試食させてもらった時に好きだと言ったことを覚えていてくれたのだろう。

「そこ、座って。お茶かコーヒーでも淹れようか？」

厨房は床がタイルなので寒いと思い、ガラス窓に沿って置いてある長椅子を勧める。

お茶かコーヒー…と言いながら厨房に戻りかけた雨音の手を、青山がグッと摑んだ。

「どっちもいらないから、雨音も座りな」

少しでも先延ばしにしようというずるい考えは見透かされているらしく、座れと隣を指差されて仕方なく腰を下ろす。

厨房から漏れる光だけの店内は、薄暗い。青山が黙っていると妙に静かで、息苦しくなってきた。

「じゃあ……単刀直入に聞こうかな。雨音が嫌なら言わなくていい。……風歌ちゃんになにがあった？　雨音を置いて、自分勝手な理由で出て行く子じゃないだろ」

……言ってしまいたい。全部、ぶちまけてしまえたら……ぐちゃぐちゃに渦巻いている胸の痞《つか》えが、少しは楽になるだろうか。

でも、弱い姿をさらしたくないと……ギリギリのところで意地がブレーキをかける。

「雨音、俺は……頼りにならないか？」

「そ…じゃない」

右手が肩に回されて、身体を抱き寄せられる。青山が問題なのではないとゆるく首を振ると、胸元に頭を抱き込まれた。

ガチガチに強張った背中を、そっと撫でられる。

「なぁ…一人で突っ張るなよ。おまえ、まだ誰かに甘えてもいい歳じゃないのか？　……なにも言ってもらえないと、淋しいだろ」

子供を宥めるような優しい声で言いながら、青山が雨音の身体を抱き締める。

強く拳を握り……詰めていた息を吐き出そうとすると、喉がヒクンと震えた。

「……ッ」

嗚咽を漏らさないよう、必死で奥歯を食い縛りながら肩を震わせる。

絶対に泣くものか……と思っていたのに、一度溢れた涙が呼び水になっているらしく、止まらない。

うつむいて、青山から顔を隠しながら身体を震わせていると、大きな手がそっと強張った肩を撫でてきた。

「ドサクサに紛れて言っちまうけど、俺…おまえが好きだよ。なにか苦しんでいるのなら、助けてやりたいと思う」

言葉の真意を聞き返す間もなく、目尻に唇を押し当てられる。

あまりにも予想外の出来事で、驚きのあまりグッと息が止まる。反射的に、青山の腕から身体を逃がした。

そんな空気を、青山から感じたことは一度もなかった。

「おかしいか？　男に好きなんて言われて、気持ち悪い？」

見上げた青山は苦笑を浮かべていた。そういう意味での驚きではないと、雨音は慌てて首を左右に振って否定する。

青山のことは好きだ。でも……。

「お…れ、青山さんは好きだけど、兄ちゃんみたいに思って……て」

喉になにかが詰まっているみたいだ。うまく言葉が出てこない。

好きだけど、恋愛感情の好きではないと伝えなくてはならないのに…。

もどかしさに唇を嚙んで、青山を見上げた。青山は、急《せ》かすことなく雨音の言葉を待ってくれているようだ。

なにより……青山に抱き寄せられ安心はしたけれど、五十嵐に触れられた時のように心臓が苦しくならない。

青山と五十嵐では、『好き』の種類が違う。

「聞いて……くれる……？　おれ、そんなに優しく好きなんて、言ってもらえないこと……した」

青山に嫌われるかもしれない。好きだと言ってくれた人に、ひどいことを聞かせようとしている。

そうわかっていたけれど、誰にも言えなかった言葉が喉まで込み上げてきて…青山の腕をコート越しに掴むと、ぽつんと言葉を落とした。

「うん……」

青山は冷たくなった雨音の手を握り、そっとうなずいた。

途切れ途切れの雨音の話を、根気強く最後まで聞いてくれた青山は、はぁ…と大きく息を吐いて「参ったな」とつぶやいた。

姉のことから……五十嵐に金銭を与えられていたことまで、包み隠さず告白したけれど、やはり聞きたくなかっただろうか。

雨音は怖くて目を合わせられず、薄暗い床に視線を落として身体を硬くする。

「なにが一番ビックリかって…それでも、雨音を好きな気持ちに変わりはないってことかな」

どうして、そんなふうに言えるのか……顔を上げて傍《かたわ》らに座る青山に目を向ける。

青山は、少しだけ複雑な表情で微笑を浮かべた。

「……少しでも可能性があるなら、待つよ。雨音が、その…五十嵐さんだっけ？　を吹っ切れるまで…。俺は雨音だけを見て、待つ」

五十嵐が既婚者だと言ったからだろう。

雨音だけを見て、という青山の一言は胸の奥に響いた。

抱き寄せられても……抵抗できない。優しくされることに、自分がこれほど弱いとは思わなかった。

「好きだよ、雨音…。俺は、ずっとおまえの傍にいてやれる」

それは、今の雨音にとってなにより甘い言葉だった。何十回、好きだ…愛してると言われるよりも。

目を閉じて、青山の背中に腕を回そうとした……その瞬間。

キッ…とかすかにガラス扉が開く音が聞こえ、弾かれたように顔を上げた。そういえば、青山を招き入れた時にドアの施錠をしていなかった。

侵入者は無言で店内に入り、雨音たちのいる長椅子の脇で足を止める。

「なん……で？」

雨音は、かすれた声で呆然とつぶやいた。いくら周りが薄暗くても、長身の人物が誰か…なんて、見間違えようがない。

「…雨音？　もしかして……」

雨音を抱き寄せたままだった青山は、それが誰か即座に見当がついたようだ。纏う気配が鋭いものになる。

「あなたが、五十嵐さんですか」

「確かに、私は五十嵐ですが……今、あなたが誰かとか言い合う気はありませんので、雨音を離していただけるとありがたい」

青山の問いに、いつもどおりの淡々とした口調で答えた五十嵐は、雨音の二の腕を摑んで長椅子から引っ張り上げた。

容赦のない仕草に、「痛い…」と顔を顰《しか》める。

「乱暴に扱うなよっ」

黙っていられなくなったのか、勢いよく立ち上がった青山を、五十嵐は無言でジロリと睨みつけた。

それは、傍で見ているだけの雨音も息を呑むほどの迫力があり……睨まれた当人である青山は硬直している。

「申し訳ありませんが、戸締まりをお願いします」

慇懃無礼な口調で青山に言い残した五十嵐に手を引かれ、雨音は店から連れ出された。

啞然としていた雨音だが、駐車場に連れて行かれたところでようやく我に返り、五十嵐の手を振り払った。

「な…んだよ、直さんっ！　イキナリ…入ってきて。青山さん、ビックリしてただろ」

「私はダメで、あの男ならいいんですか？」

五十嵐の車と身体に前後を挟まれてしまい、身動きが取れなくなってしまう。肉食獣に追い詰められた獲物になった気分だ。

「なんのこと？　……おれ、店に戻るから」

「待ちなさい、雨音」

車についた長い腕をくぐって逃げようとした雨音を、五十嵐が後ろから抱きすくめた。羽交い締めにしただけかもしれないけれど、心情的には抱かれているとしか思えない。

「放して…よっ。なんで、こんなことするんだ！」

今も、五十嵐と接していると胸が苦しい。

あんなふうに別れたのだから、もう二度と店に来ないだろう…顔を合わせることもないと思っていたのに、なんでもないような顔で『雨音』と呼んで触れてくる五十嵐がわからない。

「放せ、って」

腹のところに巻きつく五十嵐の腕を振り払おうとしたら、指先に硬いものが触れた。

それが左手の薬指にある指輪だと気づいた雨音は、逃れようとして暴れていた身体から急速に力が抜けるのを感じた。

「も…う、ヤダ……」

みっともないと思う余裕もなく、涙声でつぶやいた。

一気に打ち寄せる感情の波のせいで、必死で築き上げていた防波堤が崩れ落ちたみたいだ。

見て見ぬふりをしながら、本当は五十嵐の左手の薬指にある指輪が大嫌いだった。灰皿から摑み出して、窓の外に投げ捨ててしまいたかった。

一番になれないのがわかっていて、一番に……五十嵐の特別になりたがる自分が、嫌でたまらなかった。

「っ……ひっ…く」

苦しくて、苦しくて……うまく息ができない。

ただ、横隔膜がヒクヒクと痙攣する。

「雨音？　…落ち着いて、息を吸って……ゆっくり吐いて。大丈夫ですから」

静かな声で口にした五十嵐に、ぐずる子供を宥めるように背中を軽く叩かれた。肺に流れ込んできた空気にむせた雨音を、両腕で強く抱き締めてくる。

宥めるために触れられた手でも嬉しいなんて…自分のいじましさが滑稽だった。

雨音が少し落ち着いたのを見計らって、五十嵐が車のドアを開けた。

「乗ってください。寒いところで立ち話をしていたら、風邪をひきそうです」

嫌だと拒めば、車に投げ込まれそうな気配がある。

今更かもしれないけれど、五十嵐の勤務している病院の駐車場で変に目立ちたくはない。

そう思った雨音がおとなしく助手席に乗り込むと、五十嵐はドアを閉めて素早く運転席に回り込んだ。

無言で雨音と自分のシートベルトを締めて、車を出す。珍しく急《せ》いているせいか、左手薬指の指輪はそのままだ。

どこに行くのだと問いかける気力もなく、ハンドルを握る五十嵐の左手から目を逸らした雨音は、車窓を流れる代わり映えのしない街中の風景をぼんやりと目に映した。

《九》

途中から予測はしていたけれど、連れて行かれたのは何度も訪れたことのある五十嵐のマンションだった。

放せば逃げられるとでも思っているのか、五十嵐は雨音の手首を摑んだままエレベーターに乗り込み、廊下を歩く。

無言のまま部屋の鍵を開け、リビングのソファに座るよう雨音を促す。

「手……痛い」

強く摑まれていた左手首が、ヒリヒリと痛みを訴えている。小さく文句を口にすると、五十嵐は指先でそこを撫でて嘆息した。

「……すみませんでした」

謝られても、この行動の意味はわからない。ソファに腰を下ろした雨音は、立ったままの五十嵐を見上げて、

「なんだよ…これ」

消え入りそうな声で疑問を投げつけた。五十嵐はどこか気まずそうに眉を寄せ、雨音から目を逸らした。

その瞬間、カーッと頭に血が昇る。

自慢にならないが、雨音はもともとおとなしい性格ではない。どちらかといえば、短気で強情で……気が強い。

曖昧な五十嵐の態度は、雨音を沸点に導くのに充分なものだった。

「なんなんだよっ！　黙ってられたら、わかんないよ！」

「……すみません。私のことは拒んでおいて、あの男にはおとなしく抱かれているのか…と思ったら、理性が焼き切れました」

あきらめたように話す五十嵐を見上げたまま、雨音は唖然と目を見開いた。もしかしたら、ぽかんと口も開いていたかもしれない。

「直さんが、そんなこと言うの……変だよ」

まるで、青山に嫉妬《しっと》しているみたいな言葉に、雨音は都合よく解釈するなと自分に言い聞かせた。

雨音と五十嵐は、嫉妬したりされたりという関係ではなかったはずだ。もっと、ドライで…そういう感情を見せてはいけないと思っていた。

だいたい、あの朝にスッパリと終わらせたのに……。

「変…ですか？　さっきの彼が好きなんですか？　だから、抱き締められていた？」

「やっぱり変だ。だって……おれが誰とどうしようと、直さんが気にすることじゃないし。そんなふうに言われたら……誤解しそうになるよ」

だんだん声が小さくなり…うつむいた。

視界に入った五十嵐の爪先《つまさき》を、ぼんやりと目に映す。

「どんな誤解を？」

「ごめん。ありえないってわかってる。でも…なんか、直さんがおれに独占欲を持っているみたいで……」

喜びそうになる、とは続けられずに言葉を切る。

視界にある五十嵐の足が動き、床に片膝をついた。首の後ろに手を入れられて、顔を上げるよう促される。

「私が独占欲を持っていたら、変ですか？」

雨音と視線を絡ませた五十嵐は、なにがおかしい？　と不思議そうに問いかけてきた。

その言葉に目を見開いて、唇を震わせる。

「だって…直さん、おれのこと一番にしてくれないだろっ？　それなのに、おれは直さんだけを見てなきゃいけないわけ？　……そんなのは、残酷だ」

今も、うなじに触れている五十嵐の指に指輪の感触がある。最初からわかっていたことなのに……苦しい。

「私の一番は……最初から雨音でしたが」

淡々と告げられた言葉に、雨音は五十嵐の手を振り払った。

五十嵐から見れば子供だろうけど、この場限りの誤魔化しを信じて喜べるほど、おめでたくはないつもりだ。

「なに言ってんだよっ。奥さん、いるくせに！　指輪、ずっとしてて……ッ」

五十嵐の左手を掴み、指輪を視界から消したくて薬指をギュッと握る。

その手に額を押しつけて、顔を隠した。

後から割り込んだ立場の雨音が、どれほど醜い表情で「既婚者のくせに」と責めているのか……

自分でもわからない。そんな顔を五十嵐には見られたくない。

そう思っていたのに、強引に頭を掴んで目を合わせられる。

「やだ。見るな。おれ、みっともない顔、してるから……！」

顔を背けようとしても、五十嵐は許してくれず…強引に唇を塞がれる。口づけの意味がわから
なくて、五十嵐を突き放すこともできず身体を硬直させた。

なにより、こんな接触でも甘く胸を疼かせる自分が、バカみたいだ……。

「あ、な…っんで……」

「……すみません」

唇が解放されると、五十嵐の腕に抱き締められた。

……その謝罪は、なにに対してのものだろう。

身体を預けたままで、ぼんやりと考える。

そっと身体が離され、雨音の目前で五十嵐が薬指から指輪を抜いた。どうするのかと思っていると、雨音の右手を取って手のひらに置く。

五十嵐の体温が残る指輪は、雨音の手の上で居心地が悪そうに見えた。投げ捨てることもできず、手を広げたまま小さく震わせる。

「な……に……?」

「それは、イミテーションなんです。私はもともと女性には興味がないのですが、独身でいると、どうも煩《わずら》わしいことが多くて。周りの雑音をシャットアウトするために、身につけていました。習慣になっていたので、自分ではあまり意識していなかったのですが…」

珍しく、少しだけ気まずそうな……迷うような表情で五十嵐が口にした。

頭の中に、イミテーション…という言葉がグルグルと駆け巡っている。

すぐには五十嵐の言っていることが理解できず、数回まばたきをした雨音はギュッと指輪を握り締めた。

その手が、ブルブルと震えている。

「なんだよ、それ！　どうして、最初に教えてくれなかったんだよ。そうしたら……もっと…おれっ」

雨音の気分も軽かっただろうし、好きだと告げるのも躊躇わなかった。

身体を重ねた翌朝……罪悪感に押し潰されそうになった自分はなんだ、と。言いたいことがありすぎて、うまく言葉にすることができない。

「申し訳ありません。……君に聞かれなかったので」

「……」

もう、なにも言葉がなかった。五十嵐は、口数が少なくて感情を表すのが不器用な人だとは思っていたけれど、ここまでだとは……。

握り締めていた手から力が抜けて、指輪が転がり落ちる。

じゃあ…なんだ。車に乗ると一番に指輪を外していたのは、病院の外では必要がなかったからなのか？

存在もしない女性に気を使って、嫉妬していた自分は……まるで道化師だ。

深いため息をつくと脱力してしまい、ソファからずり落ちそうになった。

「雨音っ」

慌てたように、五十嵐の腕に抱き留められる。雨音は顔を上げ、五十嵐の目をまっすぐに見た。

「ねぇ、おれ…直さんに、好きって言ってもいい？　誰にも遠慮しないで…好きでいてもいいのかな」

五十嵐は、動揺したようにほんの少し視線を泳がせて、躊躇いがちに口を開いた。雨音が初めて聞く、自信のなさそうな声でボソッとつぶやく。

「……本当に？　さっきの男のほうが、いいのでは？」

「青山さんは、隣の『ノエル』の人で…兄ちゃんみたいなものだよ。だって…どんなにくっついても、こんなふうにドキドキしない……」

こんなふうに…と五十嵐の手を取って、着ているシャツの下に導いた。心臓の上に、その手を押しつける。

忙《せわ》しない鼓動が、伝わっているはずだ。

「……雨音、君が好きです」

痛いほどの力で身体を抱き締められ、広い背中に腕を回した。気後れすることも、誰にも遠慮することもないという、幸せな気分で。

□　□　□

ベッドの上で向かい合い、余裕なく着ていたものを脱ぎ捨てる。

くっつきたくて、抱き合いたくて……それ以外になにも考えられない。早く、五十嵐が自分だけのものだと教えてほしかった。

ただ、一つだけ…。

「あの…さ、直さん。おれが以前触ろうとしたら、『抵抗がある』って言っただろ。それに……おれが迫るまで最後までしなかったの、なんで?」

五十嵐の手でシャツを剝ぎ取られながら、どうしても引っかかっていることを、おずおずと尋ねる。

「それは…君に欲望をぶつけるのが怖かったんです。最初に触れた時、思ったほど慣れていないのはわかりましたから、大事にしたかった……」

そっと髪に触れられて、雨音は目をしばたたかせた。

やっぱり男になんか触られたくないのかと、鬱々と悩んだ自分がバカみたいだ。

「直さん……わかりにくすぎ……」

ふと、お隣のフラワーショップ『SUN』で聞いた話を思い出した。休日でもお見舞いの人が来ないお年寄りへ、毎週匿名で花を配っていた……と。

本当に不器用な人だ。きっと、口数が少なくて無愛想な怖い人…という誤解を、あちこちに振り撒《ま》いているのだろう。

「あんな始まり方だったことを、後悔していました。働き者でお姉さん思いな君が、ずっと前から気になっていて……でも、あまりにも歳が離れていることに気後れして、ろくに話しかけることもできなかったんです」

顔を隠したいのか、五十嵐はベッドに横たわった雨音の肩口に唇をつけた。

吐息が首筋や喉元を撫でて、くすぐったい……。

「たまたま入ったバーで、君が男に絡まれても抵抗していなかったのを見て、誰にでも金銭で好きにさせているのかと…頭に血が上りました。慣れない雰囲気に、すぐに勘違いだと気づいたのですが……お金で手元に置いておけるならそれでもいいと、卑劣なことを考えて。君にこんなのはもう嫌だと言われた時には、当然かと打ちひしがれました」

喉元に吸いついてくる五十嵐の髪に、そっと指を絡ませた。

雨音とは、比べものにならないほど大人だと思っていたのに……こんなふうに縋りつくように覆いかぶさられると、なんとも形容できない愛《いと》しさが込み上げてくる。

五十嵐の頭を抱き寄せながら喉を反らして、熱っぽい息を吐いた。

「……好きだよ、直さん。二番目でもいいなんて、思えないくらい…好きだ」

「あまり…私を調子に乗らせないでください。ひどいことをしそうだ」

「ン！　っ……ぁ…」

痛いほどの強さで、喉元に吸いつかれる。ただ、痛いと感じたのは一瞬だった。すぐに、じわりとそこから熱が広がる。

「ぁ、ぁ……あっ」

肌に吸いつかれるたびに五十嵐の髪をかき乱しながら、ビクビクと背中を震わせた。

こんなふうに抱き合うのが、これほど心地いいなんて……知らなかった。五十嵐の体温が気持ちよくて、とろりと瞼が重くなりそうだ。

「直さん…あの、おれも…するから」

以前は拒絶されたけれど、今夜は大丈夫だろう。

そう思って右手を伸ばしたのに、グッと手首を掴まれ顔の横に押しつけられる。

「ダメです」

「なんでっ？　おれも、触ってみたい……」

はしたないことを言っている、という自覚はあった。でも、五十嵐に触れたいという欲求が勝っている。

五十嵐にされて気持ちよかったことを、少しでも返したい……。

「光栄ですが、次の機会にしてください」

「あっ、あっ…ズル……ぃ」

はー…と大きく息を吐いた五十嵐が、内股を撫で上げる。雨音は、ズルいとぼやきながら腿の筋肉を強張らせた。

あたたかくて…滑らかな指先が腿のつけ根をくすぐる。

五十嵐の左手に掴まれたままの自分の手が顔に触れ、こんなガサガサの手で触られたくないかと唇を噛んだ。

ほんの少し沈んだ気分になったのを見透かしたように、五十嵐が口を開く。

「今、君に触られたりしたら……どんなみっともない姿をさらすか、わかりませんから。もう少し、精神的な余裕のある時にお願いします。それに……あの、おいしいご飯を作り出す指に、こんなことをさせるのは躊躇われますね」

顔の横にある雨音の手を取り…指先に軽くキスをして、照れたように唇を重ねてきた。

「ぁ……ン…」

五十嵐の唇が触れた指先が、熱い。

ゆるく手の中に握り込み、絡みつく舌の感触に溺れる。

唇を塞がれたまま、脚のつけ根にあった指が這い上がり、雨音はビクッと腰を震わせた。

「ン！　ッ…ぅ……」

軽く触れられただけなのに、驚くほど呆気なく反応してしまう。長い指が絡みつき、そこから波紋のように広がる快感に戸惑った。

どうかしたのかと怖くなるほど、身体が敏感になっている。

五十嵐の舌を追いかけて絡めとりながら、ゾクゾクと産毛が総毛立つのがわかった。

「んぁ…！　直さ…ん、あんまり、いじんない…で。ぁ、だめ…だ、って！」

とろりと溢れた先走りが、五十嵐の指を濡らしている。

このままでは、少し触れられただけなのにもかかわらず、呆気なく達してしまいそうだった。

だから嫌だと身体をよじっても、五十嵐は手を離してくれない。指先で弄りながら、ジンジンと痺れている胸の突起に舌を這わせてくる。

「ゃ……あ! ぃ、あ、あ……そこ、噛ま…な…っで」

じわりと目の前が白く霞《かす》む。

痛いのか、気持ちいいのか……もう、わからない。

ただ、懇願したとおりにここでやめられたら、どうにかなりそうだと矛盾したことをぼんやり考える。

それがわかっていて、五十嵐は顔を上げたに違いない。

「やめますか? 雨音が本当に嫌なら、無理強いはしません」

「ゃ…だ。直さん、意地悪だ……」

苦笑を浮べた五十嵐は、ひくっとしゃくり上げた雨音の唇に触れるだけの口づけを落とす。

濡れた指が開かれた脚の奥に潜り込んできて、コクンと唾を飲んだ。

そこでどうするのか、身体が憶えている。

あの異物感を思い出すと少し怖くて、でも五十嵐と抱き合うことができるというのは、甘美な誘惑だった。

「いい…ですか？」

そろっと指先で探られて、ぎこちなくうなずく。嚙み締めそうになった唇を舐められ、奥歯から力を抜いた。

キスは気持ちいい。やんわりと絡みつく五十嵐の舌は、雨音の身体から余分な力を消し去るようだ。

「ん……んっ」

濃密な口づけに意識を集中させていると、呼吸を見計らって後ろに指を含まされた。反射的に五十嵐の舌を嚙みそうになり、慌てて強張りそうだった身体から力を抜く。

「っふ…ぅ…ン、ン……」

雨音を怯《おび》えさせないよう、傷つけることのないよう……ゆるゆると指が抜き差しされる。

長い指の存在が馴染むと、もう一本……。

唇を合わせて口腔内の粘膜を舌で辿りながら、五十嵐の指は異物感に戸惑う雨音の身体を徐々に慣らしていく。

「っあ！」

指の腹がどこかをかすめた瞬間、ビクンと腰が跳ねた。過剰な反応に、雨音自身が驚いてしまう。

「憶えてます。ここが…気持ちよくて、でも強くされたら怖い…ですよね？」

「ん……ぅ、ん」

どうして、雨音の身体なのに五十嵐のほうがわかるのだろう。医者だから……？

混乱した頭で、かろうじてそれだけを考える。

「今夜は…全部、いいですか？」

熱くなっている顔を覗き込みながら尋ねられ、雨音は小さく息を吐いて首を傾げた。

「今夜は……って、この前…も」

「あの時は…身体だけでなく、雨音がつらそうで可哀想で。これくらいでやめてしまいました」

バツの悪そうな顔で言いながら、これくらい…と指で五センチくらいの幅をつくる。

身体の奥まで、いっぱいだと……感じていたのに。信じられない。

「な、直さんのしたいようにして、いいよ……？」

そう答えながら、胸の奥には不安が渦巻いていた。

あれくらいであの圧迫感なら、全部だと……どうなるのだろう。

想像もつかないことは怖かったけれど、意地で無理やり先に進もうとするのではなく、五十嵐と熱を共有したいと思う。

「おれも、直さんが全部、欲しい……」

五十嵐の頭を抱き寄せて、唇を合わせた。身体の内側にあった五十嵐の指が抜かれ、とうとうだな……と他人事のように思う。

「我慢しないで、無理だと思ったら言ってください」

「ん」

膝の裏側を押し上げるようにして脚を開かされ、その体勢に羞恥を感じる間もなく五十嵐が身体を合わせてくる。

「っ……ン、ぁ……ぁ…ぃっ！」

苦痛を訴えれば五十嵐はやめてしまうかもしれないと思ったから、痛いという一言は必死で呑み込んだ。

痛い…と思いながら、この感覚が『痛い』なのか『熱い』なのか、もっと別のものなのか雨音にはわからない。

ただ、薄く目を開けて窺い見た五十嵐が、そっと眉を寄せて熱い吐息をついた途端、そんなものはどうでもよくなった。

「ッ…雨音、大丈夫……ですか？」

動きを止めた五十嵐が雨音の腹に手を置き、息を吐くよう促す。

喉の奥に詰まったようになっていた息を無理やり吐き出すと、ズル…と異物感が増した。

「ゃ……っ、あ！　ま…だっ？」

「もう少し……すみません」

油断させておいて、雨音が強張りを解くのを待っていたのだろう。更に深いところまで挿入され、声もなく忙《せわ》しない呼吸を繰り返す。

無意識に縋るものを求めて腕を伸ばすと、五十嵐の手にしっかり握られた。

「雨音……」

「あっ…ッ……ふ」

背中に抱きつくように誘導されて、おずおずと手に力を入れる。受け入れた五十嵐の屹立の角度が変わり、鈍い痛みを感じたけれど、雨音には五十嵐の背中に抱きつくことのほうが重要だった。

こんなふうに、五十嵐とピッタリ身体を合わせて…背中に抱きつくことができるなんて、想像したこともなかった。

「ちょっと、動いて…いいですか？」

苦しそうな息をついた五十嵐が、雨音に伺いを立てる。

確かに、この状態でじっとしているのはきついだろうな…と思い、こくこくとうなずいた。

「いい……。直さんがすること、全部気持ちい…いから」

嘘でなく、五十嵐が軽く身体を揺すったと同時に雨音の背中を駆け上がったのは、鋭い快感だった。

「つあ！　ぁ……、っっ」

思わず五十嵐の背中に爪を立てて、突然湧いてきた感覚に戸惑う。雨音が感じているのが苦痛ではないと、密着した身体の熱さでわかるのだろう。

五十嵐はゆっくりと雨音を高めようとする。

「怖くないから…力を抜いていてください。ほら……気持ちいいという感じだけ、追って」

「で……もっ、おれ、だけ……。おれだけ、いっちゃう……からっ」

一人は嫌だと、痺れたように感覚が鈍くなっている脚で五十嵐の腰を挟んだ。

その瞬間、五十嵐がグッと息を呑んで眉間を寄せる。

「雨音だけだと…思いますか？」

「あ…違……、ぅ。直さ…ん……」

身体の奥で、ビクッと震えたのがわかった。硬くて、熱くて……雨音の身体で快感を得ていると、言葉より雄弁に語っている。

「も、だめ……っ。い…きそ…だから……っ！」

どうしよう…と泣きそうになりながら必死で五十嵐を見上げたら、無言で大きく身体を揺さぶられた。

今までにない激しさが怖くて、でも与えられているのは紛れもない快感で……一気に押し上げられる。

「ッ……あ……あっ！」

五十嵐の肩に縋りつきながら身体を強張らせて白濁を弾けさせると、痛いほどの力で抱き返される。

耳元で五十嵐が息を詰めたのがわかり、自分だけ快楽に溺れたのではないと安堵した。

「すみません…平気、ですか？」

「ん…。だいじょ…ぶ」

大きく息をつきながら尋ねられ、うなずいた。

喉がヒリヒリと痛み、かすれた声しか出ない。

五十嵐にしがみついていた腕や脚から力が抜け、ベッドの上に投げ出した。

「シャワーは…無理ですね。タオルを持ってきます」

五十嵐が身体を引くと、急に寒くなったように感じた。もっと重みを感じていたかったと、淋しくなる。

でも、もう声を出すのも億劫《おっくう》なほど身体がだるい…。

「いいから、君は横になっていてください」

身体を起こした五十嵐を目で追う。大きな手が伸びてきて、汗で額に張りついた前髪をかき上げられた。

瞼を閉じると、数回髪を撫でて五十嵐の手が離れていく。

今度は、もっとくっついていたいと……お願いしよう。

雨音は腕を上げることもできないほどの疲労を纏いつかせながら、そんなのんきなことを考えた。

□　□　□

目が覚めると、真夜中だった。スタンドの、淡いオレンジ色の光だけが点いている。

肌に触れるシーツはさらりとしているので、きっと五十嵐が替えてくれたのだろう。

長い腕に抱き込まれているのが、嬉しくて恥ずかしい。喉の痛みを感じてコホンと咳をすると、雨音を抱いていた五十嵐の腕が離れていった。

「……雨音？　水、飲みますか？」

眠っていると思っていた五十嵐は、起きていたらしい。うなずいた雨音の身体を少しだけ起こし、口元にペットボトルを押し当ててくれる。

「ありがと…」

ふーと息を吐いた雨音がお礼を口にすると、ペットボトルのキャップを閉めて枕元に置いた。

「直さん……おれ、もらったお金、返すね。封筒に入ったまま、置いてあるから……」

結局、一円も使えなかった。

あれを使ってしまうと、本当に五十嵐とのあいだにあるものが、金銭だけになってしまう気がして……。

「返されても困ります。あれは、雨音に差し上げたものですので」

「ううん。……姉ちゃん、出て行っちゃったし。おれより…好きな人と一緒にいることを選んだんだから……無駄になっちゃったよ」

笑いながら口に出すと、拍子抜けするほどあっさりとした言葉になった。必死で虚勢を張っていたのがバカらしくなる。

「そう…ですか」

五十嵐は余計なことは一切口にせず、静かに相槌を打った。ただ、雨音の髪にそっと触れてくる。

「店をどうするか…とか、もっと家賃の安いところに引っ越さないと…とか、いろいろ考えなきゃなんないけど」

「そうですね、君に渡したお金は店に投資したということにして、有効利用してください。忙しい時間だけでも、パートさんを雇ってもいい。……ああ、友人の弁護士を紹介しましょうか。彼なら相談に乗ってくれるでしょう」

驚いて五十嵐を見上げた。

雨音みたいな子供に、店の経営など無理だと言われるかと思っていた。本人でさえ、無理かもしれないと弱気になっていたのだ。

薄闇の中で目が合った五十嵐は、そっと微笑を浮かべた。

「君なら大丈夫。応援しますよ」

ベタベタに優しくして雨音を甘やかすのではなく、大丈夫……と背中を押してくれたことが、なによりも嬉しかった。

雨音を信用して、認めてくれているようで……。

「ただ、無理は禁物です。疲れたら……私が抱っこしてあげますから」

「抱っこ…って、子供じゃないんだから…」

文句を言いつつ、五十嵐の腕の中は心地よかった。こうして『抱っこ』してくれたら、疲れも不安も飛んで行ってしまいそうだ。

「無償の投資が気詰まりだというのなら、お願いを聞いてもらってもいいですか？」

「うん。なんでも言って」

「では…毎日のお弁当に、なんでもいいので雨音が作った卵料理を一品入れてください。他のお客には出さず、私のためだけに……」

冗談かと思ったが、五十嵐は真顔だった。そんな簡単なことでいいのだろうか。逆に申し訳ないような気がする。

迷いながらうなずきを返すと、五十嵐は淡々と言葉を続けた。

「それと、……近いうちにここに越してきてください。見てのとおり、今は寝に帰るだけの味気ない部屋ですが、雨音が来てくれたら帰宅するのが楽しくなりそうです」

……あまりの生活感のなさに、セカンドハウスかと疑っていたけれど、本当にここが住み家なのか。

唖然とした雨音をどう思ったのか、「返事は？」と答えを催促される。

「そこまで……甘えていいのかな。おれ、一人でも生活できるよ」

「正直言って、そうしてもらえると私が嬉しいんです。だから……これは、私が君に甘えているんです」

ここまで言われると、イエス以外の返事などできない。

小さな声で「…お邪魔します」と答えた雨音に、五十嵐は心底嬉しそうに笑った。その笑顔だけで、ほんわりと胸の奥があたたかくなる。

「明日、『ノエル』の彼に謝りに行きます…。青山氏、でしたか？」

「あ……うん。おれも、一緒に謝りに行く」

混乱していたとはいえ、青山にはひどい仕打ちをしてしまった。あんな形で置き去りにした上、戸締まりまで任せてしまったのだ。

きっと青山は、不本意だったとしてもきちんと戸締まりをしてくれているだろう。

青山の顔を思い浮かべて、ごめん…と心の中でつぶやいた。

「もう少し、寝てください。まだ朝までには時間がある……」

五十嵐の手で目元を覆われて瞼を閉じると、急激な眠気に襲われる。

半分眠りに沈みながら、雨音はぽつんとつぶやいた。

「うん。起きたら、卵で……つくる、ね」

自分でも、なにをつくる…と言ったのかわからなかったけれど、五十嵐は低い…優しい声で答えてくれた。

「楽しみにしています」

「ん……」

雨音はゆったりとした心地よさにほのかな笑みを浮かべ、あたたかい五十嵐の腕の中で眠りに身を任せた。

このままずっと、そばにいて。

CROSS NOVELS

インターホンを押して数分待っても、返答はない。もう一度押してみたけれど、スピーカーの向こうからはわずかな物音さえ聞こえてこなかった。

カーテンの閉まった家は静まり返っていて、家の中に人がいるのかどうかも窺い知ることはできない。閉ざされた門の上から敷地内に手を伸ばした雨音《あまね》は、外の通りから見えない場所に持っていた花束を置いた。

……こうして、黙って花束を置いていくのは今日で六回目だ。今まで置いていった花束がどうなっているのかわからないけれど、捨てられていても仕方がないと思う。

一度だけ店に現れて以来、高坂《こうさか》夫人とは顔を合わせていない。文句を言いにも来ないということは、雨音の顔を見るのさえ嫌になったのかもしれない。

もう二度と、関わりたくないと……憎まれているかもしれないけれど、それでも仕方がないと思う。

「店…開けないとなぁ」

スカイブルーの空を見上げた雨音は、ふっと小さく息をついて、『高坂』という表札が出ている家の前から踵を返した。

□ □ □

セットしていたアラームが、十一時を知らせる。開店まで、あと三十分だ。急がなければ、ヤバい……とアラームの音に急かされて、雨音は作業をスピードアップした。

キッ…とガラス扉の開く音が聞こえてきたけれど、開店前にやってくる人はわかっているので、顔を上げることなく大鍋にトマトソースのもととなる材料を流し込んだ。

「雨音、カレンダー四月のままだ」

笑いを含んだ声と同時に、ビリビリと紙を破る音が聞こえてくる。

鶏のモモ肉を切り分けていた雨音は、包丁を持つ手を止めてカウンター越しに店舗側を覗いた。

「あ…忘れてた。ありがと」

破り取った先月のカレンダーを、クシャクシャと丸めている男と目が合った。苦笑を浮かべた男は、肩にかけていた荷物を降ろしながら早足で厨房へ入ってくる。

手早くエプロンとバンダナを身につけ、ハンドソープで肘の下まで洗いながら尋ねてきた。

「やることは……あと、なに？」

「えっと、グリーンサラダ…と菜の花のおひたし」

雨音の言葉に短く「ＯＫ」とつぶやいた男は、グリーンサラダを盛りつける小さなプラスチックカップをテーブルに並べて、業務用冷蔵庫を覗き込んだ。慣れた様子でレタスやアスパラガス、プチトマトなどの材料を取り出していく。

この男…大西《おおにし》は、週に三日ほど『たんぽぽ』に手伝いに来てくれている頼もしい友人だ。

調理師専門学校に通っていた頃の同期で、一人になった雨音が店の切り盛りをどうしよう…と途方に暮れている時、バッタリと街中で逢った。

同期の中では比較的親しくしていたけれど、互いに昼間は働いていたために学校以外の場所で逢うこともなく、それほど深いつき合いにはならなかった。専門学校を修了してからは、自然と疎遠になってしまっていた。

懐かしさに足を止め、互いの近況を話していて、雨音がポロリと零してしまったのだ。

一緒に店を切り盛りしていた姉がいなくなったので、人を雇わなければならない……と。

すると大西は、必要以上に事情を詮索《せんさく》することなく、「じゃ、俺が手伝おうか？」と言い出してくれた。

あまりにも躊躇いなくそう言うものだから、最初は冗談かと思っていた。けれど、大西は真面目な顔で条件について話し出したのだ。

助けなんかいらないと、可愛くない意地を張る余裕もないほど、あの頃は困っていた。

迷ったけれど好意に甘えてしまうことにして、大西が勤めているレストランの出勤が遅番の日にのみ、最《もっと》も大変な開店前の準備とお昼前後に手伝ってもらうことにしたのだ。それも、「俺も勉強になるから」と言って笑った大西が提示した報酬は、破格の低料金だった。

週に三日は大西に手伝ってもらい、あとは一番混みあう時間帯のみ学生アルバイトを雇って…なんとか店を手放すことなくやっていけている。

五十嵐《いがらし》が紹介してくれた弁護士の助言や、その友人だという会計士に助けられている部分も多々あるが……。

「雨音、手が止まっているけど大丈夫なのか？」

「あ…あっ、ヤバ……！」

ぼんやりとしていた雨音は、笑いを含んだ大西の言葉で我に返り、慌てて作業を再開した。


開店後、三十分間はお客さんが少ない。まぁ…たいていの会社の昼休みは十二時からなので、当然といえば当然かもしれない。

手早く二人分の弁当の準備をした雨音は、大西に店番を頼んでおいて『たんぽぽ』を出た。目的地へは十数歩で着く。

「こんにちはー。お昼の定期便ですっ」

お隣の『ノエル』へ入り、手に持っていたビニール袋をカウンターのところにいるアルバイトの女の子に手渡した。用は済んだとばかりに踵を返したところで、青山《あおやま》が奥から出てくる。

「待て、雨音。コレ…持っていけ」

雨音を呼び止めた青山は、コレ…と言いながら紙袋を渡そうとする。雨音が受け取るのを躊躇っていると、更にずいっと差し出された。

「おやつに食って、感想を聞かせること。いいな？」

「うん……。ありがとう」

両手で紙袋を受け取った雨音は、そろっと青山を見上げて小さく笑う。青山は満足そうにうなずいて、奥へ戻っていった。

これまでと変わらない態度で接してくれる青山には、ありがたいような申し訳ないような…複雑な気分になる。

けれど、雨音がそう感じることは思い上がりでしかないだろう。差し出されたあたたかい腕を、いらないと拒んだ張本人なのだから。

「店、戻る…ね」

「うん、またね雨音くん」

ため息を呑み込むと、アルバイトの女の子に手を振って『ノエル』を出た。

足元に視線を落としてうつむき加減で歩いていると、目の前に大きな手が差し出された。薬指にキラキラ輝く銀色の指輪……。

「下ばかり見ていたら、危ないですよ」

「あ……」

顔を上げた雨音は、目の前に立ちふさがった長身の男の姿を目に留めて、ふっと身体から力を抜いた。

白いシャツとネクタイは、昨日の夕方見たものと同じだ。

「お昼ご飯…？」

「そうです。朝はコンビニの菓子パンとカップラーメンでしたので、おいしいものを食べさせてください」

当直明けの五十嵐は、仮眠室の硬いベッドよりも食事の内容が不満らしい。わずかに疲れの滲む目元を見ていた雨音は、唇に笑みを浮かべて『たんぽぽ』のガラス扉を開けた。

「すぐ、用意するから……ちょっとだけ待っててよ」

長椅子を指差した雨音に、五十嵐は鷹揚《おうよう》にうなずいて腰を下ろした。

雨音の姿を目にして、お帰り…と笑った大西に青山からもらった紙袋を掲げる。

「おやつ、もらった。あとで食べよ」

「ああ、お隣の。いい腕しているよなぁ。この前焼き菓子買って帰ったんだけど、うちのチーフが本気で引き抜けないか悩んでた」

「あー…たぶん、無理。お隣、オーナーは別にいるらしいけど、青山さんが責任者みたいなものだから」

「だよなぁ…」

紙袋ごと冷蔵庫に入れた大西の背中が、残念だ…と語っている。

雨音はくすくすと笑いながら、手早く五十嵐のための昼食を準備した。

今日のメインは、鶏肉のトマト煮込みだ。深いカップに鍋からよそい、蓋をしてグリーンサラダのカップを冷蔵庫から取り出す。必ず一品つけるという約束の卵料理は、おにぎりを薄焼き卵で包んで一品とさせてもらった。

袋に入れてカウンターのところへ出ると、プラスチックのスプーンと割り箸を用意する。

「直《なお》さん、お待たせしましたっ」

声をかけると、長椅子のところに置いてある新聞を読んでいた五十嵐が顔を上げた。新聞を畳んで椅子の隅に置き、カウンターのところへやってくる。

「ありがとう。……帰りに迎えに来るから、待っていてください」

「うん」

こっそりと囁かれた最後の一言にうなずくと、五十嵐はカウンターの上で一瞬だけ雨音の手を握ってビニール袋を持った。ガラス扉を出て行った後ろ姿が、視界から消えるまで見送る。

「……あの人って、そこの病院の医者だっけ？」

奥から出てきた大西のつぶやきに、雨音はハッとして居住まいを正した。手を握られたのは見られていないはずだけど、不自然な雰囲気だっただろうか。

同性とつき合っている…しかも、一緒に住んでいるということを吹聴《ふいちょう》して回る気はないので、大西には悟られないようにしていたつもりだが……。

「そう……。長く通ってくれてる常連さん」

「妙な雰囲気のある、いい男だよなぁ。あの見てくれで医者か。怖いものナシ、って感じだな。……羨《うらや》ましい」

実感のこもった最後の一言に、雨音はつい噴き出してしまった。そういえば、最初は雨音も大西と同じことを考えていたと思い出す。

あの外見で医者という肩書きなら、少しばかり無愛想でもモテまくっているだろう。

……奥さんは心配だろうな、と。

「大丈夫。大西もいい男だよん。こうやって手伝いに来てくれるしさ。うん、いい男だ」

しみじみとつぶやいた雨音の背中を、大西の手がバンバンと叩いた。

「照れるから褒めるな、バカ。……ああいうのには張り合おうとか思わないから、いいけどさ」

大西が力なく笑ったところで、病院の事務の制服を着たお姉さんが四人、ガラス扉を開けて入ってくる。五十嵐をネタにした会話を切り上げられることにホッとして、「いらっしゃいませ」と笑いかけた。

□　□　□

厨房の片づけを終えて、残ったおかずをパックに詰める。持ち帰って手を加え、夕食にする予定だ。

ふっ…と一息ついたところで、ガラス扉をノックする音が聞こえてきた。街灯に照らされた、長身の人影が佇《たたず》んでいる。

雨音は急いでカウンターの外に出て、鍵を開けた。

「……お疲れさまでした。帰っても平気？」

「大丈夫です」

店内に入ってきた五十嵐は、雨音を腕に抱いて小さく息をついた。

疲れている…な、と言葉にはしないけれど伝わってくる。こんな時の雨音は、ご主人の疲労を癒す小動物のような気分になる。

「おれも帰れるから。ちょっとだけ待ってて」

バタバタと厨房の電気を消して荷物を持ち、五十嵐と一緒に店を出た。ガラス扉の鍵を閉めてシャッターを下ろす。

「手伝います」

「あ……ありがと」

長身の五十嵐が腕を伸ばし、雨音よりも高い位置でシャッターに手をかけた。

……そういえば、前にこうして手伝ってくれようとした際、五十嵐の手を汚したくなくて頑なに拒んだ…と思い出す。

あの時は、五十嵐の左手の薬指で存在を主張する指輪が、嫌で嫌でたまらなかった。

「……雨音？」

「なんでもない」

訝しむ声で名前を呼ばれて、慌てて首を振った。しゃがみ込んでシャッターの鍵をかけると、五十嵐と並んで歩き出す。

病院の駐車場に停めてある五十嵐の車に乗り込むと、長い指が灰皿に伸びた。

「待って」

五十嵐の手を止めて、雨音が灰皿を開けた。雨音は五十嵐の左手薬指にある指輪をゆっくりと外して灰皿に落とすと、カツンと硬い音が響く。

駐車場に設置されている水銀灯の光がかすかに差し込む、薄暗い車内で顔を見合わせた。

「変なの。指輪をはめて喜ぶんじゃなくて、外して嬉しがっているのって…」

五十嵐に笑いかけると、妙に真剣な表情で雨音を見ていた。

「……意味のないものでも、あまり気分がよくないですか？」

「え…あ、違う違う。そうじゃなくて……直さんに奥さんがいるって信じていた時のことを思い出すと、ちょっと変な気持ちになるだけ。……一人で落ち込んでたおれは、バカだったよなぁ…って」

「雨音がバカなのではなく、責められるべきは私だと思いますが……」

宥めるように髪を撫でられて、雨音は五十嵐の手首をそっと摑んだ。

それを言うなら、答えを聞くのが怖くてきちんと確かめられなかった雨音も同罪だ。

「そんな顔、しないでよ」

雨音と視線を合わせた五十嵐は、淋しそうな目をしていた。

わかりやすく表情には表さないけれど、五十嵐には意外なほど繊細なところがある。きっと、内面的には雨音のほうが逞《たくま》しいだろう。

「直さん、おれ…一緒にいられる今は、すごく嬉しい」

運転席側に身を乗り出した雨音は、五十嵐の首に腕を絡ませてそっと唇を触れ合わせた。

強い力で背中を抱き締められ、口づけが深くなる。

「ン……」

潜り込んできた五十嵐の舌を甘嚙みして、口腔の粘膜をくすぐられて湧き起こる痺れに身体を震わせた。

五十嵐の腕の中は、あたたかくて…どこよりも安心できる場所だ。

あの寒い季節には、こうして甘ったるい幸せな気分でこの人と抱き合うことができるなんて……想像もしていなかった。

なぜか今日は、やけに淋しかった頃のことを思い出してしまう。一日という日のせいだろうか。

「雨音…帰りましょう」

「……うん」

唇を離した五十嵐は、雨音の複雑な気持ちを感じ取っているのかもしれない。

濡れた唇の端を親指で拭われて、こくりとうなずいた。

□□□

「夕飯、適当で……いい？」

甘えてしまったことが恥ずかしくて、雨音はマンションの部屋に入ると、そそくさとキッチンへ逃げようとした。

「ん…いや、雨音。ちょっとこちらへ……」

うなずきかけた五十嵐だが、雨音を呼び止めて手招きする。視線は、右手に持った…下のポストから持ってきた、ダイレクトメールやチラシの束に落としたままだ。

「なに……？」

面白いものでもあったのかと、雨音は手招きされるまま五十嵐の正面に立った。

五十嵐の手元を覗き込み……息が止まりそうになった。

特に変わったところのない、淡い空色の封筒だ。宛名《あてな》部分にはシールが貼《は》られていて、以前雨音が住んでいたマンションの住所に宛《あ》てたものが、ここに転送されてきたとわかる。

それよりも、雨音の名前を記している筆跡に見覚えがあった。

「……」

小刻みに震える手で裏を返しても、差出人の名前や住所はない。でも、雨音は差出人が誰かを…確信していた。

「直さん。開けて、読んでよ…」

「私が？ ……わかりました」

チラリと雨音を見下ろした五十嵐は、ハサミを持ってきて立ちすくむ雨音の腕を摑むとソファに腰を下ろした。ゆっくり……慎重に封を切る様子を、固唾《かたず》を呑んで見守る。五十嵐の指が、封筒と同じ色の便箋を摘んだ瞬間、ギュッと目を閉じてしまった。

「雨音、自分で見たほうがいい」

「でもっ」

「ほら……」

躊躇っていると、グッと左手で肩を抱き寄せられた。恐る恐る目を開けて、差し出された便箋に視線を落とす。

「……」

見慣れた姉の字は、勝手なことをしてごめんね…で始まっていた。

あの時の自分の選択が、間違っていたとは思わないけれど、正しかったとも言いきれない。今になれば、もう少しやり方があったかとも思う……。自分のことだけでいっぱいになり、雨音や高坂夫人に申し訳ないことをした…。

「…連休中に、子供連れて…くるって。逢いたいって…」

許してくれと請《こ》うのは厚かましいとわかっているが、雨音と高坂夫人には子供の顔を見てほしい…と締めくくられている手紙を、瞬きも忘れるほど凝視した。

姉に逢えば、笑って許すことができるだろうか。あの、独りぼっちで置き去りにされた朝の絶望感を、まだ忘れてはいない……。

大切な姉に優しくできないかもしれない自分が怖くて、逢いたいという一言が嬉しいと思えない。

「雨音……」

「おれ…許せないかもしれない」

強張った左肩を、五十嵐の手がそっと撫でてくれる。雨音はぽつんとつぶやいて、五十嵐の肩に頭をもたせかけた。

あれほど大切だった人に、冷たい態度を取ってしまうかもしれない。

逢いたいという姉の言葉を、喜べばいいのか拒絶すればいいのかわからなくて……混乱した。

「怒っても、許さなくてもいいんです。……逢いたい？　それとも、逢いたくないですか？」

「わ…かんない」

途方に暮れてつぶやいた雨音の手に、五十嵐が持っていた封筒が渡された。便箋は雨音の手にあるのに、封筒に厚みがある…？

不思議に思って覗き込むと、数枚の写真が入っていた。恐る恐る写真の端を持って取り出し、目に映す。

「……はは…、かわい…い。ズルイ……可愛い…」

長い沈黙の後、雨音は上擦った小さな声でつぶやいた。なぜか、声が喉に詰まったみたいになって、視界が霞む……。

姉に抱かれた赤ん坊は、可愛かった。理屈でなく、ただひたすら可愛い。

この赤ん坊が、雨音が必死で守ろうとしていた命なのだと思えば、胸の奥に渦巻いていた複雑な感情が一気に浄化されたみたいだ。

小さな子供を宥めるように、五十嵐が雨音の髪を撫でる。

「……おれ、姉ちゃんに逢う。なんで相談してくれなかったんだ、って…黙って出て行ったことを怒って……たぶん、許す」

「いい子ですね…」

子供呼ばわりするな、と反論する余裕もなく五十嵐の肩に顔を埋めた。

あの人は、この赤ん坊を目にしたら…許すのだろうか。

淋しそうな高坂夫人の顔が思い浮かび、自分もあの人も許せたら……いいな、と祈るように願った。

あとがき

クロスノベルスさんでは、初めまして。真崎《まさき》ひかると申します。

……一行目を書いてから、モニターを見つめたまましばらく硬直していました。初めましてのご挨拶は、すごく緊張します。

ここまでおつき合いくださいまして、ありがとうございました。

雨音《あまね》は、五十嵐《いがらし》よりも青山《あおやま》とくっついたほうが幸せになれるのでは……というつぶやきが聞こえてきそうです。ええと…私も、ちょっとだけそう思います（笑）。

でも、不器用というか世渡りが下手《へた》そうな五十嵐と、空回りしつつ面倒見のいい雨音は、これはこれでいい組み合わせなのかもしれません。

精神がお子様なのに、外見はオトコマエ……という五十嵐を、とても格好よく描いてくださった麻生《あそう》海《かい》先生。ありがとうございました！　雨音も子犬っぽくて、すごく可愛いです。お忙しい中、本当にありがとうございました。

担当N様。お世話になりました。ありがとうございました。……初《しょ》っ端《ぱな》からタイトルに躓《つまず》いて、申し訳ございませんでした。タイトルセンスがどこかに落ちていたら、ご連絡ください。即、拾いに行きます。

ここまで読んでくださいまして、ありがとうございます。少しでもお楽しみいただけましたら、幸いです。ちょこっと感想を聞かせていただけると、すごく嬉しいです！

では、失礼致します。またどこかでお逢いできますように。

二〇〇六年　盛夏　　真崎ひかる

CROSS NOVELS既刊好評発売中 定価:900円(税込)

傷痕《きずあと》
中原一也

illust 石田育絵

オマエが痛々しくて見てられねーんだよ

麻薬取締官の黒木は、潜入捜査のために近付いた、ヤクの売人と危険を承知で行動を共にするが、男の持つ孤独と怒りに自らを重ねてしまい、犯罪者だとわかっていながらも急激に惹き付けられてしまう。そんな黒木の不安定さを危うく思っていた、刑事で幼馴染みの赤嶺は、実力行使で引き止めるのだったが……。

夏の残像
義月粧子

illust 奥田七緒

何度でも囚われる、盲目の恋――

高校時代、手酷いやりかたで振った相手・伊崎と再会した桜澤は、仕事を共にするようになってから、桜澤の過去の臆病さが伊崎を深く傷つけていたことを知る。自分の思慕を押し隠し、伊崎の将来を考えたつもりの行動が裏目になったことの罪悪感がつのる一方で、また伊崎に惹かれだすのを止められない桜澤は……。

■■■■■ 笠倉出版社のXXシリーズ、CROSS NOVELSシリーズは、すべて通信販売で購入できます! ■■■■■

通信販売の申し込みは郵便局で受け付けています。郵便局に備え付けの振込用紙を使って、お申し込みください。振込用紙の口座欄に、笠倉出版社の口座番号00130-9-75686と加入者名「(株)笠倉出版社」を記入し、欲しい本と送料を足した金額(送料は一冊250円、2冊380円、3冊以上500円となります)をお振り込みください。通信欄に、欲しい本のタイトルと冊数を忘れず記入してくださいね! 払込人の欄には、あなたの住所・氏名・電話番号を書いて下さい。

■申し込み方法は郵便振替だけ! 切手や為替では受け付けていません。
■注文いただいた商品は、宅配会社のメール便(3冊以上は宅急便)にてお届けします。3ヶ月以上たっても届かないときは、問い合わせください。
■落丁・乱丁以外での、返品・キャンセル・変更などは、一切出来ません。気をつけてお申し込みください。
■分からない点、在庫の問い合わせなどは、左の電話番号までどうぞ。
株式会社 笠倉出版社営業部 03(3847)1155

CROSS NOVELSをお買い上げいただき
ありがとうございます。
この本を読んだご意見・ご感想をお寄せください。
〒110-8625
東京都台東区東上野4-8-1　笠倉出版社
CROSS NOVELS 編集部
「真崎ひかる先生」係／「麻生 海先生」係

CROSS NOVELS

抱きしめたまま、ここにいて。

著者
真崎ひかる

2006年10月23日　初版発行　検印廃止

発行者　笠倉伸夫
発行所　株式会社　笠倉出版社
〒110-8625　東京都台東区東上野4-8-1　笠倉ビル
[営業]TEL　03-3847-1155
FAX　03-3847-1154
[編集]TEL　03-5828-1234
FAX　03-5828-8666
http://www.kasakura.co.jp/
振替口座　00130-9-75686
印刷　株式会社　光邦
装丁　Yumi kouda(44e)
ISBN　4-7730-0333-2
Printed in japan